# 廚娘的美味人生

上

風文創 912

梅南衫 著

# 目錄

# 序文

梅南衫

每次去杭州的時候，我總會點上一塊東坡肉。濃油赤醬的東坡肉會在燈光照射下，泛著油光。這個時候，總會想到東坡肉名字的由來，也好奇蘇軾究竟是懷著怎樣的心情去品嚐這道菜。因為有了探究之心，所以就開始在研究古代菜餚的路上前進。前人的書中自然有不少記載，一路尋找，發現了《隨園食單》、《食憲鴻秘》、《山家清供》這類美食書籍。

也曾想過照著敘述，複刻書籍中的菜餚，可惜種種嘗試還是宣告失敗。因而有了文中何葉這一個角色，她代替無法品嚐著這些菜餚的我，在業朝進行了「美食實踐研究」，去探尋當時的菜餚，也將現代美食的做法帶到古代。只是光有美食還不夠，有了美食，更重要的是要跟眾人一起分享的那份心情，這就有了愛她的家人和戀人。

最後，希望看這本書的你，能經由這部作品，體會到來自生活的細微溫暖和感動。謝謝茫茫文海之中，我們有幸相逢。

# 第一章

「妳這週不去妳叔叔家嗎？」室友看著還躺在宿舍床上的何葉發問。

「不去，我待會兒要去打工。」何葉回了一句。

「那我先去圖書館了。」室友跟何葉打了個招呼，就揹著書包出門了。

何葉想起嬸嬸，嘴角不自覺的逸出了苦笑，她十四歲的時候父母因為車禍意外喪生，她被父親的弟弟領養，雖然明白叔叔的一片真心，但是她也能明顯的感覺到來自嬸嬸的敵意，更何況家裡還有個小三歲的堂弟。

何葉那個時候感覺一瞬間長大了，明白了寄人籬下的愁苦滋味。

雖然叔叔一再表示會供何葉讀完大學，但何葉知道，嬸嬸對叔叔的抱怨從她到那個家開始就沒有停過。

在考上大學後，叔叔幫何葉出了學費，但三年來的生活費全都由何葉出去打工掙來，做家教，在餐廳端菜、洗盤子，當咖啡師，能試過的她都做過。

上週，何葉尋思著是端午節，還是遵循禮節，去叔叔家拜訪一下。卻被嬸嬸陰陽怪氣的說了不少現在翅膀硬了，就知道往外跑，一點也不顧念親情、孝敬長輩，也不知道輔導弟弟功課之類的話。儘管何葉試圖把這些話都當了耳旁風，但心裡始終有一個化不開的疙瘩。

何葉從宿舍床上爬了下來，還沒站穩就感到一陣頭暈。最近打工的時候，她也時常感覺頭痛。

她定了定神，待眩暈感不再襲來，拿著杯子準備去走廊的飲水機倒水。飲水機就在前面，但她的視線卻突然越來越模糊，手上的杯子也落在瓷磚地上摔得粉碎。她感受到了身體和冰涼地面的親密接觸。

「同學，醒醒，妳還好嗎？」遠處似乎傳來了朦朧的詢問聲，何葉的意識也逐漸遠去。

「病人的狀況是腦血管破裂，出血性中風。請問之前是否曾有什麼徵兆？」一個陌生而年邁的聲音在她耳邊響起。

「這……她住學校，我們也不清楚。」叔叔的聲音響起了。

「那她還會醒嗎？」似乎是嬸嬸的聲音。

「這個還需要觀察，雖然進行了急救，但是情況不是很樂觀，還要看病人自身的意志。」何葉猜測這大概是主治醫生。

「醫生求求你救救她，這個孩子一定要沒事，不然我以後還怎麼面對哥和嫂子！」叔叔的聲音裡面已經帶著哭腔。

「那她如果變成植物人，一直住院是不是花很多錢啊，你看她弟弟之後上大學也要花錢。」

「都這個時候了，妳還在瞎說什麼！」叔叔頓時提高了音量。

後面似乎還說了很多話，只是何葉都聽不清楚了，只能聽到「嗡嗡嗡」的聲響，她似乎身處一個全黑的地方，沒有一點光，只能感受到自己身體的存在。她四處摸索著，卻什麼也碰不到。

直到「姊姊！姊姊！」的略顯稚嫩喊聲突然響起，聽起來不大像她堂弟的聲音。

何葉模模糊糊的意識開始慢慢凝聚。

接著一個中年女子聲音響起。「都跟你說了多少遍了，讓你姊姊好好休息。」

「李大夫不是說就是風寒嗎？睡一覺就好了，可這都一天一夜還沒醒！我就說姊當初不應該跟那個付嫣嫣出門的，還有這李大夫，我看就是庸醫！」

「我看你是好久沒被你爹揍了，皮癢了是不是，要福姨替你爹教訓教訓你不？」

「不了不了，福姨，您就大人不記小人過，當我胡謅。」

何葉聽到對話，努力撐起厚重的眼皮，入眼卻是淡藍色的帳子，木頭覆蓋的床頂。

摸了摸身上被子的材質，似乎也不是日常用的布料，更像是緞子般的質感。她感受到了喉嚨火燒似的疼痛，張了張嘴，發出要水的聲音，入耳卻是嘶啞的嗓音。

「哎喲，我的大小姐啊，您總算是醒了。」那個叫福姨的人攙扶著何葉坐了起來。

「這是哪裡？妳是誰？」何葉看著身材渾圓的中年婦女問道。

「姊，妳不認識我了？」旁邊穿著灰色長衫的少年看著不過十三、四歲的年紀，插嘴說：「我是妳弟何田，這是在家裡啊。」

「那我是何葉？」

少年氣惱著說：「那當然啊，妳是我姊啊！」

何田依舊不放心地將何葉上下打量了一遍，還探頭看了看何葉的脖子。「妳真是我姊？看脖頸後面那塊胎記也還在，沒被掉包。」

何葉下意識的摸了摸脖頸後的胎記，依然一臉懵。

何田氣惱地看著福姨。「我就說那個李大夫是庸醫吧！不行，我要找他理論去。」說著就要往外衝。

「給我站住！」福姨一聲大喝，何田愣在原地。「我還治不住你了是不是？」

福姨上前就要去揪何田的耳朵，何田嚇得一下子躥到了何葉床邊。「姊，姊，救命！」

何葉對福姨說：「算了，弟弟也是擔心我。」福姨這才作罷。

從福姨和何田的話語中，何葉總算知道了她現在是來到了業朝，一個她所知的歷史上不曾出現過的朝代，而他們身處的地方便是首都務城。

何葉今年十九歲，弟弟何田比她小四歲，十五歲正是叛逆的年紀。

她的父親是務城第一大酒樓——聿懷樓的廚師，母親在生下何田的時候駕鶴西去，父親因為酒樓事務繁忙，便請了福姨來照顧姊弟倆。他們家雖然算不上什麼富裕家庭，但卻不愁吃穿。

福姨見何葉聽完他們的話便發起了呆，就輕手輕腳拉了何田出去熬藥，讓她好好休息。

何葉沒想到自己有朝一日也能體會到穿越，這種只會出現在小說或者戲劇的事情竟發生在她身上。

如果有穿越和重生可以選，何葉一定會毫不猶豫選擇重生到父母還沒離世的時候，盡力避免那場車禍，可她偏偏遇上了穿越的戲碼。或許她是對當初那個家再沒有留戀，才會來到與她同名同姓的何葉身上。

沒過多久，福姨去請了李大夫過來診了一次脈。李大夫說何葉已經無礙了，只是仍需靜養，又開了一帖藥，讓何田去抓，何田不情不願地從李大夫手中接過單子，「哼」

的一聲跑出去了。

到了夜裡，何葉終於見到了她現在的父親何間，父親一回家，就到了她屋裡，對她噓寒問暖，再三囑咐她下次出門要多穿點，不可貪涼。

何葉對這個便宜父親的關心，不知不覺紅了眼眶，這個父親還不知道他女兒已經不在了，現在這具身體裡的意識，是來自現代社會的何葉。

何間看到女兒紅了眼眶，頓時也慌了神。「妳晚上吃了嗎？」

何葉搖了搖頭。「喉嚨痛，吃不下。」

「爹記得昨天還剩了點青菜，爹去看看，給妳煮碗粥喝。」

何葉點了點頭。

沒過多久，何間就端著一個托盤進來，碗裡是還冒著熱氣的青菜粥，點綴著不少的香菇碎末在其中。

何葉拿著勺子把粥吹涼，溫熱的粥順著喉嚨滑下，熨貼了五臟六腑。她突然懷念起上小學發燒的時候，媽媽給她煮的皮蛋瘦肉粥，不經意間又濕了眼眶。

「妳好好休息。吃完碗放著就行。」何間扔下這句話就出門了，想著是不是自己酒樓裡的事情太忙了，忽視了兒女，才讓女兒淪落到這樣失憶的下場。

何葉慢悠悠地把盛在碗裡的粥喝得一乾二淨，打算去順便消消食把碗給洗了，但是剛走到門口就遇到了福姨，被福姨一把奪過了手中的碗，讓她回去躺著。

在福姨的目光注視下，何葉只能一步一步慢慢挪回床邊。聽著福姨離開的腳步，才到窗邊打開了一道小縫，讓新鮮空氣進入室內。

十二月的冷冽的風，裹挾著冷意，直往何葉骨子裡鑽。何葉在窗邊也沒撐住多久，還是回到了溫暖的被窩。走過銅鏡面前看了一眼現在這具身子的臉，好好打扮一番也許是美人一個。

因為有些冷，何葉不自覺的摸摸脖子，想起剛才何間說到脖頸處的胎記，不免有些好奇。不過這個角度看不到後頸，房裡又沒有別的鏡子能互照。

她想著若是有手機就方便了，拍一下照片就能看到。她突然想起了以前寢室裡的夜間話題，都會開玩笑的討論，如果穿到古代會幹什麼？

室友的答案千奇百怪，有說要去學輕功的，有說要當老闆娘的，還有說不想跟什麼王爺、皇子談戀愛，保命最要緊。那個時候，何葉記得自己說的好像是到處去走走看看，品嚐各地美食。

最後這個話題以古代生活條件太差，沒有手機，沒有無線網絡，其實也沒有特別想去而告終。

沒想到現在真的穿越了，何葉也不知道自己能不能順利適應這裡的環境，平時又是拿什麼打發時間的，胡亂想著這些，或許是藥效上來了，又沈沈的進入了夢鄉。

次日清晨，公雞的啼叫驚醒了何葉，她睜眼看著木頭的床頂，和梁上的瓦片，這才意識到她現在身處業朝。

她回想起昨夜那個長長的夢，夢裡她還是小學生，父母帶著她去遊樂園玩，從雲霄飛車一直玩到摩天輪，每個人臉上都帶著燦爛的笑。但下一秒卻發生了酒店爆炸，她因為貪玩在花園裡，父母卻在房間沒有逃出來，她拚命哭喊也沒有用，只看到滾滾濃煙從建築物裡飄出。

何葉摸摸眼角還殘留著的淚痕，收拾悲傷的心緒，

這時，福姨風風火火的從門縫隙中擠了進來，生怕冷風吹進屋子裡。

「醒啦，今天好多了吧？」

何葉點點頭，清清喉嚨試著發出聲音，覺得喉嚨已經不再有疼痛感了。

「早食已經準備好了，一起吃一點，妳爹和妳弟都起了。」

福姨從櫃子裡拿出了何葉的衣服，就說再去準備準備，何葉對著眼前有著許多繫帶的繁瑣衣物研究了一會兒，才勉強穿了個大概。

沒多久，福姨又進來了。「衣服都穿好了，還等什麼呢?快走吧。頭髮晚些再梳就

好。」

何葉這才放下心來，還好衣服沒有穿錯。

何葉跟著福姨剛踏進飯廳，就聽到弟弟何田抱怨。「爹，我不想喝粥。」

「這芡實可是好東西。」何間說。

「可我不想喝粥。」何田還在抱怨。

「你不喝都給你姊喝，正好讓你姊多吃點好好補補身子。」何間說著，就要把何田面前的碗挪走。

「就偏心姊姊。」何田嘟囔了一句，看到何葉進了門，急吼吼的問：「姊，妳來了，妳能下床了？妳病是不是好了？」

「都好得差不多了。」何葉回答。

「那就好。」何田開心的捧著碗直接喝起粥來。

何葉和何間問好後也坐下了，看著碗裡的芡實，剝了殼的白色果實和米粒混合在一起，何葉拿起勺子把粥送入口中，細膩的清香頓時在口中漫開來。

何葉想到前世喝過的糖水芡實，比起眼下粥裡的芡實，著實遜色不少。

何間看看一雙兒女，何葉慢條斯理的喝粥，再看看何田早就一口氣灌了下去，用袖子抹了抹嘴對他說：「爹，能不能再要一碗。」

何間看著兒子的樣子，不免在內心嘆了口氣，但還是讓福姨給何田再添了一碗。吃過早食，何間就急匆匆往酒樓趕了，出門前叮囑何葉好好休息，讓何田好好讀書，不要去打擾姊姊。

何葉看福姨對「失憶」這件事似乎只在剛知道的時候震驚了一瞬，隨即恢復正常，而何田則是大呼小叫了一通之後，接受了這個事實。

何葉雖然沒從何間口中聽到些什麼，但想來他極其疼愛這個女兒。在固有印象中，古代人都重男輕女，而這一習俗沿襲至現代社會都成了陋俗，但在何家卻似乎並不存在這種情況。

何葉從何田口中得知，業朝雖然不推行女子做官的制度，但也沒有大門不出、二門不邁的傳統。只是男女來往雖不忌諱，但多少也要避點嫌，以免落人口實。

才聊了沒多久，何田就被福姨趕回房間溫習功課，說是臨近年關，私塾的先生也放假了，何田也就在家溫書。

何葉也不知道應該如何打發時間，放到以前，一部電視劇、幾部電影一放，一天就過去了。

福姨要出門買菜，何葉原本想要跟著一起去，看看古代的集市是什麼樣的，卻被福姨一句靜養給擋了回去。

何葉無奈，只能獨自在家裡瞎轉，研究了一番房子的構造。這屋子一共就五間房，四個人各一間，何間的主屋最大，其他三間都大小相似，只不過何葉房間放的梳妝檯，何田房間放的是書桌。正中間是客廳，放了張飯桌和幾把椅子。廚房很簡單，黏土砌的灶檯有兩口灶，一旁就幾個調料罐，還有一個地窖，儲存不少醬菜、醬料之類的食物。

聽福姨說，原本吃飯都是把桌子搬到院子裡，但是夏天和冬天就在屋內吃。

回到房間，何葉隨意翻看，妝檯上有少許脂粉，梳妝檯上小竹筐裡還放著沒繡完的手帕，還有一、兩本話本，翻了翻是些才子佳人的愛情故事。衣櫃裡有不少裙裝，都是素色為主，想來原來的何葉應該不是愛出風頭的人。

「有人嗎？」何葉聽到似乎從門外傳來了問話聲。

何葉剛開門打算出去看看，就看到何田像個小旋風一樣，衝到了門口。「誰啊？」

「弟弟，我是付姊姊。」

「付姊姊？哪個付姊姊？那個害我姊姊披風髒了不能穿的付姊姊？」

聽到這句話，何葉意識到她剛醒的時候，何田就說過付嫣嫣的名字，似乎原來的何葉是和她一起出門賞花才會得風寒。

「不可以無禮，還不快開門？」何葉衝著何田說。

何田才滿臉不悅的把門打開一點。

來人似乎也不介意，何葉看清對方一身玫紅色的襖裙，上面繡著朵朵白梅，看到何葉就親熱的過來拉著她的手。「妳風寒可好了？當初都是我不好，沒有注意，過路的馬車把泥水濺到妳身上，害妳的披風不能穿，凍病了吧。」

何葉聽完這話，覺得何葉染病似乎不能算是付嬤嬤的錯，只能算是意外，但付嬤嬤卻把過錯全部往她自己身上攬，再結合何田惡劣的態度，她想，付嬤嬤與何葉或許並非表面上看起來的友好。

「我已經沒事了，大夫說只要靜養就好了。」何葉想反正她失憶的事情應該還沒有傳出去，就順水推舟接下話頭。

「那我們去妳房間說說體己話，站在外面還怪冷的。」付嬤嬤邊說著邊把何葉往裡推。

就見何田睬也沒睬她們兩個人，跑回了房間，賭氣般把房門重重的「砰」一聲關了起來。

「當心把你家門弄壞了。」付嬤嬤許是存心氣何田，還吼了一嗓子。

「我們家的事用不著妳管。」門內傳來了何田的聲音。

「弟弟年幼，只是過於在乎我了，還望見諒。」何葉說著客套話想要打個圓場。

「何田這樣，未來要討不著媳婦的。」

何葉聞言也是一愣，但隨即笑笑。「反正他年紀還小。」

到了何葉房間，何葉才發現付嬤嬤還提著一個食盒，付嬤嬤卻對這個食盒緘口不言，何葉想著許是待會兒還要去採購什麼東西，便沒有問。

兩人家長裡短的聊了不少，何葉才迂迴的探聽出，付嬤嬤家是這條巷子裡賣豆腐的，何間與她爹交好，因著何間這層關係，聿懷樓的豆腐都是讓付家送去的。

而小女兒家的話題，無非就是些化妝品或者近期流行的時尚，穿衣風格或者衣服紋樣，何葉在現代向來就對這些話題興致缺缺，她認為衣服主要還是以舒適度為主，好看但不實用的衣服只能在一些重要場合穿，就是一年也穿不了幾次，還浪費那個錢。

或許是付嬤嬤看出了何葉的心不在焉，便要告辭，臨走前看到何葉桌上的話本。「這可是宋大哥的話本？若是的話，我剛好要給宋大哥送吃食，我幫妳一起還了。」

何葉看了看那兩本話本，她也不知道真正的主人是誰，推說：「改日我自己去。」

「宋大哥也真是，知道妳病了也不來看妳。」

何葉覺得付嬤嬤似乎話中有話，但奈何她並不是真正的何葉，也聽不明白她的意思。

付嬤嬤見何葉毫無反應，這才不甘心的走了。

付嬤嬤剛踏出何家，何田就從房門裡躥了出來。「姊，她又跟妳說了些什麼？」

「沒什麼，就是討論刺繡之類的。不過，宋大哥是誰？」

何田一臉見到了天外來客般的表情看著何葉。「姊，看來妳真失憶了，連宋大哥都忘了。」

「他是我們的表哥嗎？」何葉繼續追問。

「哪裡來的表哥？是住在巷子尾準備明年科舉的宋大哥，宋懷誠啊！巷子裡的每家每戶都看宋大哥一個人可憐，輪著給他送點飯菜過去，爹不是還叫我去那兒請教學問？」

何葉這才明白宋大哥是什麼人。「那你怎麼沒去？」

「爹又沒讓我天天去。話說回來，姊，付嫣嫣真沒跟妳說其他的？」

「你覺得她該說些什麼？」

「不就應該圍繞宋大哥，然後宋大哥長、宋大哥短，生怕妳跟宋大哥有說有笑的，把宋大哥搶去。誰叫她不識字，只知道怎麼做豆腐。大家叫她豆腐西施，她還真當自己是傾國傾城的大美人了。」

何葉想起付嫣嫣的態度，明白付嫣嫣是把原來的何葉當作假想的情敵，那桌上兩本話本或許就是宋懷誠的。那披風一事很大概率就是付嫣嫣為了出氣故意為之，何葉也不知道該說她是心機深重，還是把敵意表現得過於明顯，倒顯得有一股子天真。

「你小小年紀怎麼說話的，怎可如此無禮。」何葉假裝生氣的說。

「我還不是為妳抱不平。」何田理直氣壯。

「那你也不可以這麼說付姊姊，再怎麼樣她也長你幾歲，不可出言不遜。你可知靜坐常思己過，閒談莫論人非。」

「知道，知道，姊，妳別再教訓我了，快趕上學堂夫子了。」何田懇求道。

「那你還不快點回去讀書，被福姨回來看到，指不定怎麼囉嗦你了。」

何葉搬出福姨來震懾何田，效果卻意外的好。一聽到福姨的名字，何田想也不想就鑽回房間裡，跑到書桌前拿起書，搖頭晃腦的讀了起來。

徒留何葉一個人站在屋簷下思考，或許是身體裡的血緣關係，讓她和何田格外的親近。

沒過多久，福姨回來，一聽何葉說付嫣嫣來過，眉頭瞬間擰成了個「川」字，福姨嘴上說要忙著去做飯，但她的表情卻出賣了她的想法。似乎想跟何葉說話，但話到口邊，卻又不好意思說。

「福姨，有什麼話妳不妨直說。」

「那個啊……福姨跟妳說了很多次了，妳和那個付嫣嫣保持點距離，雖然每次跟妳說，妳都不開心，但福姨說這話也不是為了惹妳生氣，是為妳好。」福姨深深的嘆了口氣。

「福姨，妳放心，我知道了。」

福姨聽到這句話，還是擔憂的看了何葉一眼，也不知道是假意讓她放心，還是真聽進去了。講完話，福姨這才開始去備菜，何葉想要去幫忙，卻又被趕回了房間。

# 第二章

一連好幾日，何葉都想找機會去街上逛逛，但都被家裡其他三個人輪番阻攔著。

何葉只能待在房間裡，把那兩本話本翻了一遍又一遍，意圖從遣詞造句中找出一點關於這個朝代的資訊，但卻都無功而返。

她也曾到何田房間裡找找是不是有什麼風土民情的書，但都只發現四書五經之類的教學用書。

好在何葉漸漸適應起了這裡的生活，沒有了繁忙的打工生活，只有一日復一日的閒散。還有來自父親、弟弟和福姨的關心，讓她感受到了不少溫暖。

原來的那個現代社會似乎也回不去了，只能既來之，則安之。

她到這個朝代來，並未想要改變什麼，也不打算像其他小說裡的女主做大事、賺大錢，她只希望周圍的人都平平安安，能夠順心順意的過完這一輩子。

又過了幾日，何葉出門的願望終於得以實現。那天福姨老家突然傳來口信，說她孫子得了重病，她急忙託了要趕路的商隊捎她一程，連夜往回趕。

知道福姨不在家的何間，給兒女留了些銅板，讓他們去街上小攤解決，真的有急事，左鄰右舍也會互相照顧，他依舊早出晚歸，忙著聿懷樓的事務。

何田向來是個閒不住的性格，知道父親出門後，裝模作樣讀了一個時辰都不到，就拉著何葉到處跑。

到了街上，到處都是此起彼伏的叫賣聲和吆喝聲。

「來，看一看！新鮮的蔬菜，今早才從地裡摘下來的！」

「錯過這個村就沒這個店了，最新鮮的鱸魚！」

「豬肉！肥的，瘦的，應有盡有！」

何葉也看著稀奇，各式各樣的商販，有擺地攤的，也有固守一方桌子的，還有些擺著早點攤在賣煎餅和餛飩的。只不過這個時間點剛吃完早飯，兩個人也沒有胃口再吃其他的，只晃了一圈，何田就拉著何葉到了另一條商店街。

街上各種各樣的商店鱗次櫛比，布料店、成衣店更是一應俱全。

何田熟門熟路的跑到一家書肆中，找到最新上架的書籍，津津有味的翻看起來，看了幾頁，就對著何葉撒嬌。「姊，給我買這本。」

何葉看了看內容，是一些江湖軼事，有點類似武俠小說。何葉覺著何田這個年紀應該沒有那麼重的課業壓力，看了看價格後就點頭應允。她自己也挑了一、兩本關於歷史的書，打算研究一下。

兩人在書肆耗費了不少時間，找了家街邊的攤子，點了兩碗蔥油拌麵。炸得金黃的蔥酥略帶焦香的氣味，不由讓人食指大動。

何田以暴風般的速度將拌麵全部吸入，還直嚷嚷著沒吃飽。

何葉原想著再叫一碗麵，何田卻說待會兒帶她去聿懷樓看看，雖然吃不起酒樓裡的飯菜，但門口也有不少小吃。何葉便依弟弟所言，畢竟對她而言，這裡的大街小巷她遠沒有何田熟悉。

聿懷樓二樓包廂裡。

「這聿懷樓的菜色真是吃多少次都不膩味。」身穿橙色錦袍的顧中凱開口說道。

「你也不想這家店誰開的？」對面坐著的江出雲一身淡灰色的袍子，風輕雲淡的說。

「也是，就昱王那個脾氣，幹其他的不行，做生意倒是一把好手，只是苦了酒樓裡的夥計。」顧中凱笑笑。

樓下傳來了一陣喧鬧，江出雲知道顧中凱絕對不會放過這種看熱鬧的機會，一推開窗，冷風灌進室內，聽動靜似乎是樓下起了爭執。

何葉跟著何田來到了聿懷樓的門口，聿懷樓建得十分氣派，足有五層樓高，從門口看進去，就是人聲鼎沸的大堂。

何葉的注意力全放在聿懷樓上，而何田的注意力則被一旁的糖葫蘆吸引了。

「姊，糖葫蘆，這個山楂看著好吃，我都流口水了。」

一串串糖葫蘆，外面裹著的糖色澤晶瑩剔透，裡面的山楂顆顆飽滿。何葉掂了掂荷包的錢，決定只買一串。

何田剛準備對糖葫蘆下口，從酒樓裡衝出來了個小胖子，結結實實的撞在何田腿上，何田沒料到這一意外，糖葫蘆「啪嗒」一聲掉在地上，而那個孩子一屁股坐在地上，放聲大哭。

何田惋惜的撿起糖葫蘆，上面的糖衣黏了不少塵土，原本何田想問老闆是不是能通融一下換一串，誰知一轉眼的工夫，剛才還在身後的老闆已經不見了蹤影。

待看清地上是個四、五歲左右的孩子，穿著上好的藍色織錦緞，坐在地上放聲大哭，整張臉紅撲撲，臉上的肉似乎都要溢出來似的。

「哎喲，我的小少爺，您怎麼坐在這地上哭？這地上多髒啊！要是被夫人知道，又要訓您了。」一個像嬤嬤的人急急忙忙從裡面跑出來，不懷好意的看了何葉姊弟一眼。

「可是有人欺負您了？」

那個小胖子一聽，指著何葉姊弟哭得更凶了。

樓上的顧中凱似是認出了樓下吵鬧的小少爺的身分。「喲，這不是務城鼎鼎有名的小霸王嗎？這下熱鬧了。」

江出雲隨意的往樓下瞥了一眼，一眼就看出了那個孩子便是當今鎮國大將軍的寶貝孫子，全府上下都寵在心尖尖上的孩子。「小小年紀，如此跋扈。」

顧中凱一聽這話就樂了。「你現在不也還被人說跋扈？」

「假的！」江出雲反駁。

樓下的鬧劇還在繼續，那個嬤嬤仗著自己是將軍府的奴僕，對普通人也頤指氣使。「你們衝撞了我家少爺，為何不道歉？我們少爺可是鎮國將軍的寶貝孫子呢！」

「一個嬤嬤氣焰竟如此之高，不知道的還以為是哪家主子呢！嘖嘖嘖。」顧中凱邊看戲邊評論。

「為何要道歉？是妳家少爺自己撞上來的。」何田據理力爭。

「你意思是我家少爺在說謊？」嬤嬤不甘示弱。

「妳這就是強詞奪理，明明妳家少爺撞上來，為何不道歉？」何田不服。

「你們可有證人？若是沒有證人，便是你們的錯！」嬤嬤不依不饒。

何葉看著嬤嬤和何田的爭論只是在兜圈子，便上前一步，看著嬤嬤笑了笑，蹲下來盯著那個還在假哭的小胖子。「你最好給我說明白了，別仗著年紀小，就給我胡作非為。」

聽何葉語帶威脅，小胖子哭得更凶了。

嬤嬤一聽這動靜，立刻大喊：「妳侮辱我們家少爺！爾等窮苦貧民再如此無理取鬧，我就要去請夫人了！」

「我向來不願與狗多廢話。」何葉站起身來，直視著嬤嬤說。

「妳！妳！」嬤嬤氣得半晌沒說出一句話。

何葉隨即又蹲下身，在小胖子耳邊說了句什麼，他頓時停住了哭泣，一骨碌從地上站了起來，向著何葉姊弟鞠了一躬。「對不住。」然後轉身又跑回了酒樓。

嬤嬤看了看何葉姊弟二人，「切」了一聲，轉身跟了進去，目光中還流露出一絲惡毒。

這時，何間大概也聽說姊弟二人與他人在酒樓門口起了爭執，急匆匆的趕過來了。何間上下看了看兒女。「沒事吧，沒得罪人吧？」

「沒事沒事，姊姊都解決了。」何田沒心沒肺的說：「只是可惜糖葫蘆不能吃了。」

何間一巴掌拍在何田頭上。「吃吃吃，整天就知道吃，吃了也不長記性，這來聿懷樓的貴人是你能得罪的嗎？」

「爹！」何田發出哀嚎。

「這事不怪弟弟。」何葉出聲救援。

何問怒其不爭的看了兒子一眼，帶他們兩人往後廚去了。

何葉這時似有所感，抬頭望去，正好和窗邊江出雲和顧中凱探究的眼光對個正著，她也沒繼續深究，急忙跟著何問離開。

「這丫頭膽子也夠大的。」顧中凱說。「看到鎮國將軍府也能不卑不亢，誰看到這家還不退讓三分？還只是個廚師的女兒，有點意思。也不知道她跟那個小霸王說了什麼？」

「好奇的話，不妨去問問，看樣子應該是去後廚了。」江出雲斂目，喝了一口茶。

「算了，算了，看了那麼長時間的戲，菜都涼了，吃菜吃菜。」顧中凱挾起一塊肉片就往嘴裡塞。

「無非是那個小鬼的軟肋。」江出雲說。

「什麼？」顧中凱問。

江出雲看著顧中凱對著涼掉的菜，還能吃得如此津津有味，輕輕搖頭。「算了，沒什麼。」

跟在何間身後往後廚走去的路上，何田悄悄問何葉。「姊，妳剛才對那個小胖子說了什麼？」

「也沒什麼，就是告訴他，如果鬧得人盡皆知的話，被家裡罰了，也許一個月都吃不到肉。」

「姊，這也行？妳怎麼想到的？」

「瞎猜的，沒想到真的有用。」何葉想起之前在餐館打工，總有小朋友到處跑，家長有時候也管不住，有時候店長會給小朋友糖，有時候則是語帶威脅，她一直以為威脅會讓小朋友鬧得更凶，但意外的有時候還挺有用。

剛才那個小孩的樣子，一看就是在家裡被寵壞的，只有搬出他最恐懼的事情才能讓他服軟。他手上滿手油漬，嘴角油光，結合他的體型，想來平時定是無肉不歡。

「姊，妳真厲害！」何田對何葉的欽佩之情溢於言表。

兩人跟著何間來到了聿懷樓的後廚，廚房的空氣中有著濃重的油煙氣。何葉目測這個後廚的面積換算成現代的單位，大約有三、四十坪。

後廚的眾人分工明確，切菜的、炒菜的，一派忙碌景象。

「老何，回來了。」一旁的人在和何間打招呼。

也有看到何葉和何田，親熱的上來問候的。「老何，兒子閨女都這麼大了，小田長得越來越俊了，小葉也是出落得越發好看了，大姑娘了。」

「小田啊，你來當學徒不挺好嗎？繼承你爹，看我們這兒多熱鬧。」

「我才不要，我未來要當大俠，行俠仗義。」儘管何田說得很小聲，還是被何間給聽見了，回頭反手就敲了一下何田的頭。

「爹，你再敲我要變笨的。」

「本來我也沒指望你有多大出息。」何間帶著他們往前走。

「做什麼瞧不起我？」何田咕噥著。

何間把他們領到後廚的院子裡，有人正蹲在井邊的木桶旁洗碗，看到何間過來，連忙問好。「何叔。」

「哎，你忙，讓他們兩個在這裡坐會兒。」何間對那個少年說，又轉頭對他們交代道：「你們兩個不要亂跑，等我忙過這陣子，就送你們兩個回去。」說完，便轉身回了廚房。

何葉看著那個洗碗的少年，年紀似乎與何田差不多大。

何田自然是坐不住的，先跑到廚房門口，偷偷看爹燒菜，看了一會兒覺得沒勁，又跑去找洗碗的少年聊天。

少年名叫小廉，是聿懷樓的學徒，當學徒自然是從最枯燥無聊的洗碗工作學起。

何葉感嘆古代果然沒有兒童保護法這種東西，小小年紀便要成為勞動力。

就在何葉胡思亂想的間隙，何田在和小廉的交談中，對聿懷樓學徒的工作，產生了極大的興趣。

「你是說切菜也要練？」何田不解。

「那當然了，菜都要切得均等才好看，燒起來才同樣可口。」小廉一講到廚房的事情，眼睛一下子亮起來。「做菜講究可多了，用的水是井水、江水還是泉水，做起來都不同。還有對應的季節應該做時令菜，還有，還有……」

何田聽著小廉喋喋不休，吐了吐舌頭。「好麻煩啊，這麼多我可記不住。」

「不覺得很有趣嗎？我的夢想就是成為何叔那樣的廚師！」

「我知道我爹挺厲害的，但有多厲害？」何田問。

「何叔那可是聿懷樓稱第二，沒人敢稱第一。多少達官貴人都提前預約，就為了吃上一桌何叔的菜。」

何葉這才知道原來何間在聿懷樓的地位這麼高。

「有時候聽說還有賞賜。」小廉突然壓低了聲音說。

何葉想想這倒是，不然就按普通廚師，怎麼能供兒子去讀私塾，女兒養在家裡也不用做補貼家用的活計，甚至還請了福姨來照顧他們兩人。

「走吧。」何間從廚房裡脫了圍裙出來。「小廉，好好努力啊。」

「好，何叔。」

何間把姊弟二人送回家裡，又留了點碎銀子，讓何葉晚上帶弟弟再出去吃飯，又馬不停蹄的回到了聿懷樓。

何間剛回到聿懷樓，就聽聞江出雲請他過去。

「不知道江公子請何某來所為何事？可是今天的菜不合胃口？」何間客氣的詢問。

「何師傅，沒別的事情，你不用多慮，就這小子，新得了皇上的賞賜，說是番邦之物，不知道如何料理，看看何師傅這裡是否有法子。」顧中凱搶先開口。

江出雲的小廝小劉遞上一個筐子，裡面放著三個大小不一、長滿了刺的黃色物體，上面還長著數瓣綠色的葉子。

「此物名叫鳳梨，說是一種果子，但府裡的廚子都束手無策，這才麻煩何師傅。」江出雲說道。

「這種果子我也是第一次見，可否容我研究兩日，再通知江公子和顧公子。」何間看著那一筐長得奇形怪狀的物體說。

「這是自然，一切自是以何師傅方便為主。給何師傅添麻煩了。」

「不麻煩，不麻煩，見到這種新奇事物也是我沾了江公子的光。」何間笑笑說。

「賣菜嘍，新鮮的蔬菜！」門外傳來了叫賣聲。

何葉想了想，她可以買點菜燒給何田吃，也好省點錢，便打開了門。

商販拉著板車，上面滿載著各類的蔬果，一邊嚷嚷著叫賣，一邊往前走。

「等等！」何葉出聲攔住了商販。

商販拉著車往回退了幾步。「這位姑娘有什麼想要的嗎？」

何葉看了看板車上的東西，挑挑揀揀，選了一把青菜，又挑了兩根菜心，還買了一小麻袋細長的番薯。

商販再三保證這番薯看著小，但是肯定甜，如果不甜，下次他再來這裡賣菜，讓何葉來找他理論。

抱著買來的蔬菜到灶臺邊，何葉發現了還有幾個雞蛋，正好可以做個菜心炒蛋，炒個青菜，烤點番薯，再去看看地窖裡都藏了些什麼醬菜，可以將就著對付一頓晚飯。

可是正當何葉滿懷壯志的時候，卻發現了最關鍵的問題——她不會生火。在她的記憶裡，最多只有用木炭生火烤肉，用柴火生火她實在是一籌莫展。

何葉還是決定求助何田，基本的生火他應該還是會的。何葉在何田房前輕敲幾下沒回應，推門進去，發現何田許是白天晃了一大圈累了，現在睡得正香，毛筆還握在手中，在紙上暈開了一大灘墨跡。

拍了拍何田的肩，他一下子清醒過來，擦了擦嘴角，立刻把書舉起來，都沒意識到書拿反了，嘴裡還唸唸有詞地唸著「之乎者也」……

「別裝了。」何葉毫不留情地戳穿了他。

「姊！」何田喊了一聲。

「先別讀了，幫我看看怎麼生火。」

一聽到不用學習，何田跑得比誰都快。「姊，妳放心，包在我身上。」

何田跑出去看到灶臺上堆著一些買來的菜，將信將疑地問：「姊，妳買的？晚上妳來做？真的能行嗎？可怎麼都素的？」

「試了就知道了。門口的板車只賣蔬菜，將就對付一頓吧。」

「要不我們還是出去吃吧。」

「買都買回來了，別浪費了。」何葉說。

何葉找出砧板，菜心去老皮，青菜洗了去根，在碗裡打了兩個雞蛋。

何田雖然找了火摺子生火，但平時不常做這件事，動不動火就被風吹熄，只能一次一次地點燃稻草。

好不容易點燃了，火又不夠大，何田邊加柴火，邊拿著蒲扇不停的搧著，被煙燻得眼淚都流了出來，臉上也是一道道黑印子。

「這可太難了，我平時看福姨沒多久就好了，咳咳……姊，這事情絕對不適合妳。」何田邊擦著眼淚邊對何葉說。

看著火候差不多了，何葉把買來的番薯放到柴火堆旁先烤。隨即在鍋中倒入油，讓何田稍微離遠一點，蒜頭爆香，青菜一入鍋，油就飛濺出來，翻炒幾下後，原本飽滿的青菜體積逐漸變小，菜葉上也泛起了油光。

盛出來裝盤的青菜，何葉讓何田趕緊端到屋裡，不然就該涼了。她快速的把菜心炒蛋也燒了出來，還撒上了一把小蔥作為點綴。

「真看不出，姊妳這麼厲害！」何田看著菜心炒蛋發出驚嘆。

何葉卻沒理睬何田的誇獎，她蹲在地上，拿著沾濕的樹枝把番薯從柴火裡面支出來，幾個番薯滾了幾圈，一如預期滾進何葉斜拿著的盤子。

一看番薯出來了，何田就要伸手去拿，被何葉連忙阻止。「燙！」

「就是燙才好吃。」

但何葉還是不允許，要是真的被燙出水泡來，何田估計又找藉口不去私塾，一如前段時間說擔心姊姊，跟夫子請假一樣。

「姊，這個番薯我看我們倆吃也太多，我趁熱給宋大哥送兩個過去，也讓他嚐嚐鮮。」說著，拿了個碗戳了兩個番薯，就跑了出去。

何葉也攔不住，只能端著一小碟番薯回到房間裡，等著何田回來。天氣冷，一轉眼番薯的熱氣就開始消散了，何葉先拿了一個烤得外皮焦黑的番薯放在碗裡，對半掰開，番薯露出澄黃色的內芯，散發著陣陣香甜的氣息。扒了番薯皮，何葉嚐了一口，商販果真沒說錯，看著小巧，但口感軟糯，散發出由內而外的香甜。

何田跑了一圈回來，何葉已經吃完了一個番薯。「姊，妳怎麼都不等我？」

「誰讓你攔都攔不住就跑出去的。」何葉說。

「宋大哥聞了都說香。」何田邊說邊開始剝番薯，一手拿著番薯，一手拿著筷子在挾菜。「姊，這菜心炒蛋也好吃。」他嘴裡塞滿著菜，一邊說道：「姊，這青菜也好好吃，一點都不苦。」

「慢點吃。」何葉把菜往何田碗裡堆。

「姊，別光顧著我吃，妳也吃。」何田也把菜往何葉碗裡放。

兩個人風捲殘雲的吃完了菜，何田一連吃了三、四個番薯才罷休。他顧念著姊姊辛苦，就自告奮勇說要去洗碗。

原來何葉想著先找個木盆泡著，畢竟夜晚拿冷水洗碗太冷了。何田卻說男子漢不應該因為這點寒冷而屈服。

何葉還是不放心，打算跟出去看看，擔心何田把鍋碗盆弄得一片狼藉。

沒想到卻傳來了敲門聲，她只好先過去開門。

# 第三章

「誰啊？來了。」何葉應了一句，就去開門。

門一打開，何葉看著來人，一手拿著一個碗，身上穿著洗到發白的舊衣服，但依舊掩蓋不住那一股濃重的書卷氣。

「誰啊？」何田一邊洗碗一邊問。

「是宋大哥。」何葉看著手裡那個碗，猜想應該是何田和付嫣嫣嘴裡的宋懷誠。

何田一聽，就急忙跑了過來。「宋大哥，你怎麼來了？」

「我來還這個。」他遞出手裡的碗。

「宋大哥，你還特地來，下次拿回來也一樣。」何葉聽著何田的回答，覺得何田是不是和福姨相處太久，講話也總是那種客套的口氣。

「聽說妳之前生病了，現在可好了？」宋懷誠也不知道是從何田還是付嫣嫣那裡聽到的消息。

「都好了。」何葉還在猶豫是不是應該請他進來坐坐，不然大家就跟木樁子似的杵在門前。

巷口傳來了腳步聲，人還沒到，聲音先傳了過來。「小宋怎麼來了？」

「何叔，我來還碗，今天小田給我送了烤番薯過來。」

「他們倆買的烤番薯還不忘你一份。」何間笑笑。「不知道有沒有我一份。」

「爹，不是外邊買的，是姊姊烤的，姊姊還燒了菜給我吃。」何田炫耀的說。「當然有爹的分，我這就去給爹拿。」

「哦？」何間看了何葉一眼，眼神裡流露出一點意外的神色。

何葉趕緊打圓場。「這不看著福姨怎麼做的，就有樣學樣，試一試。」總不能說是在餐廳裡打工看來的本領。

何間似乎對何葉燒菜這件事不甚在意，也只是隨口一問，注意力反而轉向了來拜訪的宋懷誠。「小宋，你在這裡正好，你書讀得多，書裡有沒有寫到過這個？」

大家這才注意到何間手裡提的籃子，何葉一眼就認出裝的是鳳梨，只是看其他三個人的反應，似乎對這種水果很陌生。

「爹，這是什麼？這是能吃的嗎？看著好怪異。」何田作為少年的好奇心在這個時候就顯露無遺，一連好幾個問題。

「先進屋裡，進屋再說，外面怪冷的，小宋也一起來。」

何田一聽這話，灶臺邊的碗也不洗了，就惦念著何間手裡的鳳梨，眼巴巴的跟進了房間。

一進屋，何間就把籃子放在桌上，何田湊上去對著鳳梨找各個角度研究，何葉決定先聽聽何間如何說。

「這是今天侯爺府上的江公子拿過來的，說是聖上賜下來的，看我這邊是不是能處理。」

「可是外人傳言的那個紈袴公子？」宋懷誠說。

「我看那江公子禮數周全，談吐也有分寸，可見這外人說的話也不可全信。」何間出言維護。

何葉不知道為何，腦中閃過今天在酒樓二樓看到的那兩人，興許是她多想了，應該沒有那麼巧合。

何田伸手摸了摸鳳梨上凸起的刺，略帶懷疑的道：「爹，這真的能吃嗎？不會是騙人的吧。」

「說是果子。小宋，你有主意嗎？」何間將期許的目光投向宋懷誠。

「這……我在書上也未曾見過。既是果子，不妨先切開看看。」宋懷誠面露為難。

「這是聖上賞賜，這麼隨意切開來……怕浪費了。」何田也露出難色。

「爹，這聞上去好像還有點香味。」何田圍著那顆鳳梨不停研究，還時不時戳一下。

何葉猶豫了下還是出聲詢問。「那江公子的要求是什麼？」

「就說讓我看看怎麼處理，難道這東西還能入菜不成？」何間看著何葉欲言又止的樣子。「妳可是有法子？」

「這是鳳梨，其實處理起來也簡單，只要把這看似堅硬的外皮削乾淨，裡面黃色的果肉皆可食用，只是會有澀嘴之感，需要拿鹽水浸泡一段時間方能食用。」何葉將食用方法娓娓道來。

「那這種東西吃起來是什麼味道？」何間追問。

「酸甜口感。」何葉回答。

「不知何姑娘是從何得知此種果子的知識，還望告知宋某。」

宋懷誠的問題讓何葉愣了一下，她總不能說她在現代的時候，每個水果攤上都有。

「那日同弟弟經過書肆，無意間翻到了一本書，看到畫的事物特別，就多看了一眼，沒想到今日竟有用。」何葉勉強笑著敷衍過去。

「那可還記得書名？」

「不記得了，就隨手一翻。」何葉只想把這件事情趕緊揭過去，她想她現在的表情必然不是很好看。

「既然問題已經得以解決，我碗也還了，那我就告辭了。」

何田的注意力還放在新奇的鳳梨上，而何間聽到宋懷誠說要走，急忙說要送送他，宋懷誠推託了一番，還是沒抵擋住何間的熱情，也只讓他送到了門口。

「我看懷誠這孩子，未來肯定有出息，要是誰能嫁給他可真不錯。」何間回到屋裡，邊說還故意看了一眼何葉。

何葉只是裝作不知。沒想到才這個年紀在古代就遭遇催婚，她現在的首要目的是要在業朝想辦法安身立命，畢竟這麼多年以來她一直都在忙碌的事情就是學習和賺錢。她故意岔開話題，故作高深的說：「這個鳳梨要入菜也不是不行。」

何間一聽可以燒菜，頓時把什麼女婿的事情拋之腦後。「真的？妳可有方法了?!」

「就用炒飯，加進鳳梨，還可以加點胡蘿蔔、青豆之類的。」

「可是姊，這炒飯又鹹又酸還甜，能好吃嗎？」

「也看個人口味了，不過算是番邦風味吧。」

何間沈思了會兒。「可以試試，我看江公子他們對這個鳳梨也不瞭解，真的這麼做了，應該也挑不出錯來。」

「爹，你不如現在就試一下。」何田在一旁慫恿道。

何間思索了一下，覺得何田說的不無道理。

這江公子畢竟是客人，要讓客人入口的食物，廚師自己沒嚐過怎麼行？「可是這食材現在不夠，先試一下鳳梨的味道吧。」

何間抓著鳳梨的葉子，猶豫著如何下刀，不知道應該從何入手。

何葉想了一下，指了指鳳梨，示意何間將鳳梨豎著放。「爹，您直接這樣一劈為二。」

何間聽到何葉的話略微猶豫了一下，但還是依女兒的話照做了。

切開之後，一股酸甜香氣撲鼻而來，他仔細看了這鳳梨的紋理，看著鳳梨的硬殼，又犯了難，不知道該如何下刀才能將硬殼除去，完整取出果肉。

「弟弟，你去準備一碗鹽水。」何葉突然對何間說。

何間本來想賴在他爹身邊嚐一口鳳梨的味道，聽到何葉這麼說，第一反應自然是一動不動。

「你想吃的話，就去準備一碗鹽水。」何葉將誘惑拋到何間面前，何間這才不情不願的去準備鹽水。

「爹，您先圍著果肉切一圈，中間橫豎切幾刀，然後把切好的小方塊都挖出來，放在鹽水裡浸一會兒。這鳳梨果殼，可以留著放炒飯，看著也好看。我去打蛋液。」何葉對著何間說道。

何間雖然還是將信將疑，但他現在毫無頭緒，就先按何葉說的照做也無妨。

何田接來鹽水後，發現父親那邊也切得差不多，迫不及待的就要把鳳梨往嘴裡塞。

何葉剛打好蛋液，想要阻止他，就聽到何田叫道：「這鳳梨什麼怪味?!吃到嘴裡一股麻麻的感覺。」

「讓你著急！」何葉打趣他。「這要鹽水浸泡過後，才能吃。」

何間也掐了一塊鳳梨嚐了嚐味道，果真如何田所說，雖香甜多汁，但口感奇怪，似乎有點刺刺麻麻的口感。

何葉算了算時間，覺得差不多了，將鹽水倒了。

何田這個時候，覺得口裡的麻感略微散了，又鼓起勇氣嚐了一次。「姊，這次真的沒了！這也太有意思了。」

何間也嚐了一口，發現果真如何葉所說，是酸甜的口感。

何間立刻燒起了柴，起了油鍋，照何葉說的做成鳳梨炒飯。將蛋液先倒入油鍋中，將蛋炒到半凝固的狀態，何葉在一旁幫忙下了米飯。

何田在一旁看著。「這不就是蛋炒飯嗎？」

何間按照炒飯的做法，加了一勺醬油給飯上色，加了一小勺胡椒進行調味。

待炒飯粒粒分明，何葉將鳳梨倒進去。「鳳梨炒飯了。」

何間稍微翻炒了一下，挑了一口嚐了嚐。「這個鳳梨的酸甜味和鹹味融合得不錯，真的不錯。」

「我嚐嚐。」何田迫不及待的接過何間手裡的勺，吃了一口之後，又盛了一勺，嘴裡塞滿飯。「好吃！真的太好吃了！」

「這個似乎可行。那我給江公子約時間，請他到樓裡來試一試。」何間覺得何葉所言非虛，在做菜方面確實有幾分天分。

何葉連忙表示，那天是不是能一起去樓裡後廚，待著看看能不能幫上忙，何間正為解決一大煩惱而喜悅不已，爽快答應。

何田一聽也吵著鬧著要去，卻被何間無情的拒絕了，只說那日一早要是福姨還沒回來，便把他託到隔壁付家去，何田這才住口，說他寧願去找宋大哥請教課業。

隔日，何間請樓裡的小廝去給江府傳話。江出雲很是意外，這才過了一日，何間就能夠研究出個大概，便回覆三日之後，會同顧中凱一起前去聿懷樓。

好在這三日之內，福姨從老家趕了回來，這才沒有讓何田一直纏著何葉。

何葉也在這幾日，翻閱從書肆買回來的史書，才簡單的瞭解了這個業朝的歷史。

業朝至今也不過歷時七十多年，朝代建立後，務城被定為都城。而在十數年前，因為當時的皇帝荒淫無度、昏庸無能，便被其擁兵自重的皇弟，以清君側的名義起兵逼宮。

前代皇帝知道氣數將盡，主動寫下詔書，退位給當今的皇帝，只求弟弟留他一命，據傳當今聖上仁慈，不忍殺害兄長，至今被軟禁在皇宮某一處，但也有傳言他早就被賜下毒酒，軟禁不過是一個幌子。

提起當年的清君側，最大的受益人是現今的鎮國將軍李忠，當時他一路從聖上當初的封地殺到都城，所向披靡。另一位則是當今丞相陶之遠，原為聖上的門客，在當年的起義中出謀劃策，又憑一人之力在朝堂上說服了眾多老臣，將名不正言不順的篡位美化成撥亂反正。

世人皆說現在的聖上，有一文一武兩位左膀右臂，在處理政務上也是如魚得水，但關於這兩位的關係也是眾說紛紜，有說貌合神離的，也有說他們是老死不相往來。

在那以後，朝堂毫不意外的進行了大換血，不少官員選擇告老還鄉，而在清君側一事中助力的人，也相應的加官進爵。科考也在停止數年之後重新舉辦，為朝廷選拔新的人才。

何葉邊看這本書，覺得寫這些內容的人不去寫話本也顯得可惜了，腦補的恩怨情仇十分精彩。

她也知道，她買的這兩本書無非就是如同現代八卦小報一樣的內容，畢竟一個朝代才新建多久，哪裡來的靠譜正史？不過一些稗官野史。

她想到上次在聿懷樓，聽小廉說，這座酒樓是當今聖上的兒子昱王殿下建的，也就是說這座酒樓建立時間並不算長，最多也就十來年的時間。

何葉也不知道這幾年以來，何間究竟是如何一躍成為全務城最炙手可熱的廚師，許是之前就名聲在外，被聿懷樓挖角，又或者是現在的廚師中有何間的師傅，但按理來說，那就輪不到何間出名。

後來她才聽說，何間名聲大噪是因為當今聖上偶然一次微服出訪，說在何間燒的菜裡吃到了當年還是藩王時期封地上的味道，大加讚賞。

於是，整個務城一傳十，十傳百的傳開了，無數人都為了聖上口中的味道，拜訪聿懷樓。何間也開始接受預訂宴席，常常為貴人過府掌勺。

而昱王這個一貫閒散的王爺，也因為聿懷樓一度成為務城的談資。

聽到父親何間成名經歷的何葉，心裡只冒出一個想法——看來在古代，名人效應也一樣很有用！

三日一晃而過，何間按照約定，在製作鳳梨炒飯當日，帶上何葉前往聿懷樓。

在前往聿懷樓的路上，何間先帶何葉去了一趟集市，雖然聿懷樓每日有專門的商販送貨，但何間還是習慣自己挑食材。

集市上的人一看何間來了，紛紛跟他招呼。「老何，來了。今天茄子特別新鮮，看看吧！」何間點點頭，一路默默向前。

何葉想起，如果只有一個鳳梨炒飯或許過於單調，還可以燒一個鳳梨咕咾肉，便跟何間建議買點食材備著。

何間一聽，還有燒咕咾肉的做法，雖然也不是很清楚如何將鳳梨與咕咾肉融合在一起，但聽何葉這麼說，他選擇放下心來，讓何葉挑選其他需要的食材，一起買回樓裡即可。

在去聿懷樓的路上，何葉終於想起問何間，這江出雲究竟是什麼人，那日只聽宋懷誠說是紈袴公子，其餘的她也就一概不知。

原來這江出雲乃是現今寬陽侯江徵傑的長子，江徵傑之所以被封侯，也是由於他是清君側一事中的功臣。除了鎮國將軍外，握有兵權實權的就是寬陽侯，擔任城中禁軍統領一職。

江出雲年幼時就被譽為神童，且相貌極佳，是不少閨中少女思慕的對象。傳言中他三歲時就能吟詩作對，七歲時就能策馬長奔，都說他必定能子承父業。

只是隨著年紀漸長，江出雲開始整日遊手好閒，結交江湖人士，整日只知道去茶樓聽說書，是聿懷樓的常客，有時候甚至一坐一天，相較之下，侯府庶子江出硯反而更有出息。

聽到這裡，何葉覺得江出雲這個人似乎有點印證了「小時了了，大未必佳」的說法，只不過這背後是不是有什麼隱情，她也不甚清楚。

何間則認為，雖然傳言江出雲此人不學無術，但他接觸下來，卻覺得他心有丘壑，並非外傳的如此不堪。對朋友大度，對樓裡跑堂的小廝也友好，有時候閒著會往廚房跑，沒什麼忌諱，更不曾仗勢欺人。

顧中凱則是兵部尚書之子，聽說兩人自幼一起長大，關係比親兄弟還親。

在何間絮絮叨叨談論著江出雲和顧中凱的時候，兩人來到了聿懷樓的後門。商販正陸陸續續將今日需要的各式食材送來。

看似門窗緊閉的聿懷樓，已經開始為一天的營業在做準備。

何葉看著大家忙進忙出，想著現在還是冬天，如果是夏天也沒有冰箱，不知道要怎麼儲存食材。

不過何葉沒想太久，她今天的首要任務是來幫助何間處理鳳梨。她找了個碗化開鹽巴，準備泡鳳梨。

而何間則是拿著菜刀，在砧板上對著那顆鳳梨反覆比劃，還是猶豫下刀的方法。

「妳說這麼切能行嗎？」

「要不我來吧。」何葉看著何間猶豫的樣子，覺得可能她來操作會快一點。

「不用，還是我來吧。」

「那您就按那天切的，一樣橫切就行了。」

何間比劃了一下，遲疑著下了刀，切到果肉的地方，鳳梨的汁水立刻流到砧板上，淡黃色的果肉露出了它的真面目，果肉的紋理清晰可見，香甜氣息也撲面而來。

何間將鳳梨按照何葉的建議切塊，放進鹽水中浸泡一下，準備一半放在盤子裡直接食用，一部分做鳳梨炒飯，再分一部分給何葉口中的鳳梨咕咾肉。

處理好最重要的鳳梨之後，何間就開始準備其他配料。而何葉想著做咕咾肉就需要提前準備番茄醬，但是現在也沒有現成的瓶裝醬汁，只能現做。

何葉剛準備拿起菜刀切番茄，就被何間阻止了。「妳別動！有什麼事妳就叫小廉去做。」

而在一旁一直虎視眈眈的小廉，一聽何間說到他的名字，就衝了過來。「姊，妳有什麼要做的，就跟我說，我都可以做的。」

「我要做番茄醬，你先把番茄煮熟去皮，然後剁成泥……」何葉回憶著番茄醬的做法。

「包在我身上。」小廉說著就去生火、燒水，整套動作一氣呵成。意圖在廚房謀得一席之地的何葉只能被擠到一旁發呆，想著大概一時半會兒也沒有她的事情，就去後院轉轉。沒想到卻看到了一抹熟悉的玫紅色身影。

「葉子，怎麼今天妳也在這兒？我剛送完豆腐還打算去找妳的。」那人正是付嫣嫣。

「就有點事情。」何葉含糊其辭。

「妳有什麼事情還不能跟我說嗎？」

「就……是有點事情。」何葉訕笑。

「那妳這麼早來，一定辦好了吧，我們一起回去，還可以去首飾鋪子逛逛。」付嫣嫣勾著何葉就要把她往外拖。

「你是說何師傅已經研究好鳳梨那個玩意兒了？這麼快！」顧中凱的驚嘆聲由遠而近的傳來。

一聽到男聲響起，付嫣嫣立刻放開勾著何葉的手，迅速低頭整理她的衣服和頭髮，換上含羞的笑容。

人影一出現在她們的視線裡，付嫣嫣就裊裊婷婷的走上前。「顧公子、江公子。」全然不見剛才急著離開的樣子。

何葉一眼就認出，這兩個人正是那天在酒樓看熱鬧的兩人，顧中凱似乎也同樣認出了何葉。

「妳……妳是不是就是那天那個……」

「顧公子、江公子，今日前來所為何事？」付嫣嫣出聲打斷了正欲說話的顧中凱。

顧中凱這才意識到面前還站了一個人。「就有點事，不過，這位姑娘是……」

「我是付嫣嫣，我們上次見過的，顧公子忘了嗎？也是在這裡。」

「啊！是是是，我想起來了。」

付嫣嫣似乎也知道顧中凱只是在敷衍她，他的目光始終聚焦在何葉身上。

「我給你們介紹一下，這是我的好姊妹何葉。」付嫣嫣又把何葉往她身邊拉。

何葉頂著令人不適的探究目光，勉強照著付嫣嫣剛才的樣子給兩人請了個安，就要開溜。「我出來太久了，我爹還要找我。」說著推開付嫣嫣勾著的手，轉身就往廚房走。

「那付姑娘，我們也先走一步。」顧中凱開口告辭。

兩人從付嫣嫣身邊走過，徒留付嫣嫣一個人在原地，恨恨的扭著手裡的手帕。她今天就是聽爹說江出雲會來聿懷樓吃飯，為了一睹江出雲的英姿，特地來送豆腐。

之前她為了偶遇，也是三番四次往聿懷樓跑，只不過都沒碰見，沒想到今天遇見了，卻也沒讓他正眼瞧上自己。

何葉回到廚房，第一時間就去找了何間。「我在外面遇到了江公子和顧公子，似乎往這個方向來了。」

「是嗎？那我去看看。」何間拿起旁邊的布條擦了擦手，就要往外走。還沒走到門口，兩人就和何間迎面撞了個正著。

「何師傅。」江出雲和顧中凱兩人向何間搭話。

「江公子和顧公子這麼早就來了，怎麼不去包廂裡坐著，還跑到廚房來了。」

「又不是第一次來了，每次有稀奇的，總要來看看，說不定能偷點師，讓府裡的廚子照樣做一個。」顧中凱說。

「姊，這番茄都好了，接下來怎麼弄？」小廉沒去注意門口的熱鬧，還專注於手上的番茄。

「將番茄泥和冰糖一起熬煮，煮到冰糖融化就可以了。」

「好。」接收到任務的小廉又全心投入到工作之中，再次把何葉晾在一邊。

江出雲和顧中凱兩人似乎和何間也沒有過多的寒暄，兩人徑直走到泡著鹽水的鳳梨前。

江出雲出言詢問道：「這就是鳳梨？」

「正是。」何間回答。

「那今天就吃這個？」顧中凱問。

「一部分可以直接吃，還有點給你們炒個飯，再燒個咕咾肉。」

「那就全憑何師傅安排了。」

顧中凱似乎還有很多疑問想問出口，但卻被江出雲無情的打斷，以至於他的話都嚥回肚子裡。

顧中凱原以為他們倆只是來廚房逛一圈就去包廂，沒想到今日江出雲就站在原地不動，說是打算看看怎麼料理鳳梨。

何間勸他們說此處油煙重，不如到包廂去等，卻沒料到江出雲今日意外執著，結果就變成他們兩個跟兩根房梁似地站著，小廉和何師傅在灶臺前面忙得不行。

而何葉只是站在一旁指導，她每每閒不住想要動手，不是被何間給擋回去，就是被小廉搶了先。

經過一個上午的準備，食材都差不多備齊了，只剩下油鍋翻炒。

在起油鍋之前，顧中凱硬是說一定要保留菜品上桌前的神秘感，把嘴皮子都快磨破了，才把江出雲給勸到包廂裡。

等他們都走了，小廉壓低聲音跟何葉說：「江公子看起來好凶，顧公子看起來很好說話的樣子。如果我有哥哥，一定要選顧公子。」

「人小鬼大，誰說他們要給你當哥哥了？」何葉笑了笑，心裡感嘆小廉這個年紀總是充滿著不切實際的幻想。

「不過，姊，話說回來，番茄醬除了當醬汁還能做什麼？」

何葉想了想。「沒有其他的了吧。不過你也可以研究一下。」

說著，她突然懷念起了前世的麵包和義大利麵這些西式的食物，如果有義大利麵，也可以和鳳梨一起料理，只不過她現在身處業朝，這些都只能變成天馬行空的想像。

在說話的間隙，何間已經完成了鮮蝦鳳梨炒飯，金黃的米粒拌炒了肥美蝦仁，鳳梨顏色討喜，還點綴著顆顆青豆，盛裝在半顆鳳梨果殼中，讓人看了食指大動。

接下來，何間就根據何葉提供的食譜，開始炒鳳梨咕咾肉——事先用木薯粉包裹著肉塊稍微油炸後，和青椒一起翻炒，最後加入鳳梨，淋上熬好的番茄醬，整道菜頓時香氣四溢。

這兩道菜都讓候在一旁的小廝率先端到包廂，何間覺得似乎都是葷菜，決定再給他們簡單的炒個青菜，連著鳳梨果盤讓小廝一起送上去。

顧中凱一看到鳳梨炒飯就開始驚呼連連，江出雲始終一臉淡然。

「你說這究竟怎麼想出來的？這幾個平時也不會組合到一起。」顧中凱從碗裡盛起一勺塞到了嘴裡。「這蝦平時吃慣了新鮮的，這樣倒也別有風味。」

顧中凱也不管一旁的江出雲還在慢條斯理的品味著，狼吞虎嚥的把鳳梨咕咾肉往嘴裡塞。

# 第四章

江出雲和顧中凱兩人將所有的飯菜一掃而空，顧中凱摸著吃撐的肚子，毫無形象的癱坐在椅子上。

對面的江出雲則是依舊不急不躁的喝著飯後解膩的茶。

「真好啊！」顧中凱發出滿足的喟嘆。

江出雲抬眼看了一下對面坐著沒正形的顧中凱。「如果看到你這副樣子，務城女子想必會將你從務城美男子中剔除了。」

「說得跟我有多稀罕似的。」顧中凱看出江出雲有點懶得搭理他，把話題繞回這頓飯上。「這何師傅還真是厲害，什麼都能做。」

這時候，小廝傳了話來，說何師傅問剩下的鳳梨應該怎麼處理，江出雲聞言，便和顧中凱一起前往廚房。

廚房內的何間正等著江出雲的回覆，打算待會兒把何葉先送回家，再回到聿懷樓準備晚上的工作。

何葉原本堅持自己回去，表示她認識路，但是何間怎麼也不放心，小廉就自告奮勇，何間也不准許，嚇唬小廉說現在臨近年關。路上的拍花子和竊賊都多了起來。

江出雲和顧中凱來到廚房，聽到的正是這麼一段話。

「哎，江公子和顧公子怎麼來了？有什麼派人傳話就行了。」

這個時候的廚房已經不像剛才他們稍早來時那樣安靜，廚子和學徒、跑堂都呈現高度緊張的狀態，此起彼落的報著菜單和催出菜，眾人不停的在廚房來回穿梭，江出雲和顧中凱在忙碌的環境中顯得格格不入。

「沒什麼，就是讓隨行的人來拿鳳梨。」顧中凱說。

「好，那你們就拿去吧。」何間說。

「今天多謝何師傅了，這帳到時候還是一月一結。」顧中凱說出了何葉最關心的問題，畢竟今天的菜不在菜單上，沒有標價。「價格方面請何師傅這邊看著辦就行。」

「好，多謝二位公子了，我送送你們，正好我要順路送小女回去。」何間說道。

「何師傅下午可還有事？若有事的話，不妨我們代為效勞？何師傅你也忙，反正我們兩個有空，替你送何姑娘回去，我們一定看著她進家門才走。」顧中凱信誓旦旦的保證。

顧中凱毛遂自薦完，還看了江出雲一眼，見江出雲也沒有反對。

「這……不大好吧……也太麻煩二位了。」何間遲疑的看了看何葉。

「何師傅，我們倆你還信不過嗎？」顧中凱繼續鼓吹。

「那就麻煩二位了。」何間最終同意了，拱手倒謝。

「何姑娘，請。」顧中凱抬手讓何葉先走，又打發了小廝先回府裡。

何葉回頭看了看何間，見何間點了點頭，這才準備離開。江出雲和顧中凱亦步亦趨的跟在她身後。

「何姑娘，妳家在何處？」顧中凱的嘴是一刻也閒不下來。

「在知巷。」何葉答道。

「宋懷誠是不是也住在那兒？」顧中凱突然想起來什麼。

「顧公子可是認識宋大哥？宋大哥就住在巷尾。」

「這不都是一屆考生，多少都聽到點風聲。」顧中凱說。

「兩位公子也是今年參加科舉？」何葉好奇的問，按道理說這種官宦子弟人家應該早早就入了朝堂，幫扶家業。

「我們兩個愛玩，家裡又管得鬆，這才拖到現在。」

江出雲始終在旁邊默默的聽著兩人交談，往知巷回去的路上，總是要經過集市和熱鬧的街巷。這個時候，不少攤位已經和早市的商販不同，臭豆腐、捏麵人等商販也開始擺攤。

何葉突然想起何田早上還在家抱怨沒能去聿懷樓，便想要拐彎走進集市裡。

「我去集市裡買點東西給我弟弟，不知道會不會耽誤兩位的時間？」

江出雲依舊沒說什麼，只是搖搖頭，而顧中凱則滿臉笑容說正好他也想逛逛。

何葉準備給何田買蜜餞，但繞來繞去也沒找到蜜餞鋪子，她記得上次來明明就在成衣鋪子旁邊。

這時候，成衣鋪子的夥計跑出來看了看門口。「那人怎麼又在這附近炸東西，這油煙味沾衣服上，又該挨掌櫃的罵了。」

何葉順著他目光看去，一名商販正在往油鍋裡下麵食，紡錘狀的麵團一個個下鍋，炸出來的正是澄黃的油子。

想著是新鮮起鍋的，買點回去應該還是溫熱的，就買了兩塊，小販將油子裝入紙袋裡給何葉，何葉提溜著袋口，打算從荷包裡掏錢，卻有隻手提前扔了幾個銅板在小販的碗裡。

「再拿兩塊。」江出雲難得開了口。

小販又拿了兩塊油子遞給了江出雲，江出雲順手接過。

「江公子，我把錢給你。」何葉連忙道。

江出雲看了她一眼，吐出了兩個字。「不必。」

何葉覺得現在站在這裡跟江出雲爭論，一定沒有結果，決定待會兒到家門口的時候，再把錢還給他。

她繼續往前走，卻聽到江出雲的聲音又一次傳來。「妳還要逛嗎？」

「不了，準備回家了，不然油子要冷了。」

「那往這邊走。」江出雲指了指反方向。

何葉看到顧中凱還在一旁偷笑，她只能跟在兩人後面，畢竟這個朝代沒有導航這種東西，她也沒有地圖，不然她也不會走錯路了。

三人到了家門口，何葉向江出雲和顧中凱告辭，剛轉身進門，就看到門開了。

「姊，妳回來了！」何田看到她手裡拿著的東西，興沖沖的迎上前。「姊，妳給我買了什麼？」

看到何葉背後站的兩個人，立刻冒出一堆疑問。「他們是誰？怎麼送妳回來？姊，妳不會是迷路了吧，妳不認識路怎麼還瞎跑？」

「沒大沒小，看到人也不知道問好。」何葉責備道。

「沒事，沒事。我們這就先走了。」顧中凱說。

何葉目送著兩人消失在巷口，把油子給了何田，看著何田吃得滿手滿嘴的油，才想起沒有把錢給江出雲，但想著或許兩個人已經走遠了，便不再追出去了。反正若自己找不到機會，再請何間幫忙歸還。

江出雲和顧中凱剛走到巷子口，江出雲又轉身回到巷子裡。

「你幹什麼去？不會還惦記著那幾個銅板吧？」

「宋懷誠。」江出雲惜字如金的吐出三個字。

「你找他做什麼？不過一介寒門。」顧中凱並非輕視寒門弟子，然而無論你如何努力，寒門想在朝堂上站穩一席之地，也只有兩種選擇——結黨以進入士族的圈子，或是娶妻，通過妻子娘家的助力來平步青雲。

「聊天。」

顧中凱雖然疑惑，但還是好奇江出雲究竟葫蘆裡賣什麼藥。

到了巷尾宋懷誠家中，江出雲把剛才街邊買的油子送給宋懷誠，對方雖然略微詫異，倒也欣然收下了。

顧中凱沒想到宋懷誠住的地方竟如此破舊，真可謂家徒四壁，只有一間屋子，家裡也只有一張書桌、幾把椅子、一張床和一些筆墨紙硯，還有日常的碗筷，便再看不到其他物件。

江出雲也不在意，隨便拉了張椅子就坐了下來。

宋懷誠替他們泡茶，顧中凱接過一看，茶杯是普通的陶杯，茶裡飄著泛黃的粗茶梗，他見江出雲面無表情的喝了一口，想來入口還行，可他一喝，嘴裡只有苦澀的味道。

另外兩人倒是好不愜意。說起他們三人的緣分，也是之前在聿懷樓的一場詩會上，這些風花雪月的事向來是世家公子的最愛，但做出來的詩卻又俗不可耐，倒是宋懷誠當年的詩立意高遠，本應拔得頭籌，卻因出身被生生壓下一頭。

當時顧中凱憤憤不平，說要去找主辦者理論，卻被江出雲加以阻攔，表示這件事情不是憑少年意氣強出頭就能解決，顧中凱這才作罷。

「不知道兩位今天因何前來？」與宋懷誠交好的人都知道他的境遇，鮮少有人會來他家拜訪。

「路過。」

「這還特地帶了小吃來，真是多謝二位了。」

「話說回來，宋兄可是與巷口何師傅家相熟？」顧中凱好奇的問。

「平時多受何師傅的照拂，還算相熟。」

「我們與何師傅也算老相識，看來我們也算是有緣分。」顧中凱笑笑說。

明明是江出雲說來找宋懷誠聊天，卻成了顧中凱一直不停的和宋懷誠沒話找話說，而江出雲只是在一旁聽著，時不時才說上一句。

又坐了會兒，顧中凱實在受不了這尷尬的氣氛，藉口還有事情，向宋懷誠告辭。離開知巷，顧中凱認真的問江出雲。「你今天找宋懷誠究竟是什麼意思？你是不是打算提前拉攏他，以後好讓他支持昱王。」

「你知道的，我向來不願參加黨派之爭。」江出雲說。

「那你還天天往昱王的聿懷樓跑，你這難道不是在表明立場？」顧中凱略帶怒氣的說道。

「只是菜比外面酒樓好吃點。」江出雲面上依舊看不出什麼表情。

「這話你要看你爹信不信！我先回去了，你自己想想吧。」顧中凱拂袖而去。

江出雲回到家中，看了看門口掛的牌匾上的「寬陽侯府」幾個大字，走了進去。

「站住！」他剛走到廳堂就被叫住。

江出雲拱手作了個揖。「爹。」

「我看你眼裡是沒我這個爹，整天就知道往酒樓和茶樓跑，一點也不知道讀書，你還有沒有點科舉考生的樣子？我是不是該慶幸你去的不是青樓和賭場啊！」江徵傑氣得一拍桌子。

「爹，你別生氣，氣壞身子不值當。」坐在一旁的江出硯勸道，臉上還閃過一抹微不可見的得色。

江出雲看了看坐在廳堂上的父親和弟弟。「待會兒下人會送鳳梨過來，爹嚐一嚐，兒子就不在您跟前添堵了，先告退了。」話說完就離開了廳堂。

他耳邊傳來了江徵傑的怒罵。

「看他那德性，我看他是要氣死我！整天就知道吃喝玩樂！」

「爹，別生氣了，氣壞了身子娘該心疼了。」

在江出雲的記憶裡，他小時候總是被各種讚美聲包圍著長大。「天賦異稟」、「神童」等詞向來不絕於耳。直到他七歲那年同母親到近屏寺，那裡的方丈告訴母親，若想江出雲平安長大，便要掩其鋒芒。

自那以後，他母親周婉便不讓江出雲在眾人面前展示才藝，甚至連書都不讓他讀，江出雲開始裝出一副遊手好閒的樣子，只有背著母親，在天不亮的時候就開始練武，在夜深人靜的時候偷偷找書出來讀。

江徵傑一度和周婉起了爭執，認為不該僅僅聽憑方丈的話，就毀了江出雲的前程。周婉卻固執的堅持，認為江出雲是從她身上掉下來的肉，沒有任何事情比孩子平安健康長大更重要。

當江徵傑意識到江出雲的才華已經無法為侯府帶來聲譽的時候，他開始把江出雲視為空氣，和江出雲母親之間的感情也漸漸變淡，轉而夜夜留宿小妾的房間，而江出硯在一年後出生。

那段時間，江老夫人時常安撫江出雲，不要怨怪父親，他也不過是為了家族的榮光。

對江徵傑而言，孩子只是他的附屬品，他需要的只是外人的誇獎，是別人嘴裡塑造出的完美父親的形象，而不是兒子能否無憂無慮的長大。

但當今聖上似乎格外喜愛從小看著長大的江出雲，在江徵傑還是皇上門客的時候，就經常召見伶俐的江出雲。哪怕江出雲被說變得平庸、不學無術，聖上也惦念著江出雲，時不時會送些新鮮東西到寬陽侯府上。

也正因受到皇上的喜愛，江徵傑才對江出雲睜一隻眼閉一隻眼，任由他胡鬧。

江出雲走到母親房間的時候，周婉正在看近期新出的話本。「來了？又跟你爹置氣了。」

「娘又知道了。」江出雲扯出一個若有似無的笑。

「你也就是和你爹有什麼齟齬了，才會往我這裡跑。」周婉笑著說：「剛才小廝帶回來的鳳梨，我已經吃了，也讓人給你爹送了一份過去。你爹的性格你又不是不知道，不要往心裡去。」

「知道了，娘。」江出雲不想讓母親擔心，畢竟從小到大，周婉沒有少為他操心。

周婉看著江出雲，發現她的兒子不知不覺中似乎已經成為一個獨當一面的大人了，不由感嘆道：「當初如果沒有聽方丈的話讓你收斂一點，你也不會那麼早懂事，是不是這性子能夠開朗一點？」

「這是我自己的選擇，怨不得別人。」江出雲反過來安慰母親。

「也是，都是命數，是娘老了，你自己把日子過好就行了，娘也不多囉嗦了。」周婉看著江出雲沈靜的樣子。「今晚別回自己院子裡吃飯了，留在娘這兒吃吧，剛好廚房今天做了你愛的糯米珍珠丸子。」

講到糯米珍珠丸子，江出雲回想起自己五歲的時候，聿懷樓剛剛開業，菜單上的糯米珍珠丸子一直是他的最愛。有次江徵傑正要出府，江出雲便央著讓他下朝的時候給帶回來。

下朝之後，江徵傑沒有帶回珍珠丸子，只帶了紅燒肉，說是珍珠丸子早就售罄了，當時江出雲就哭著鬧著不肯吃飯，那個時候，江徵傑嚴厲的訓斥他，說男子漢豈能因為口腹之欲如此軟弱，要知道，他行軍打仗時連吃口熱的都是奢望。

那天晚上，無論江出雲如何哭鬧，江徵傑都沒讓他上餐桌，還罰他到祠堂跪了一夜。

母親原本想來祠堂偷偷看他，給他帶點吃的，卻被父親發現，連母親也被訓斥了一番，說慈母多敗兒，更找來了管家嚴加看管祠堂，生怕江出雲偷溜出去。

江出雲什麼也沒吃，第二天早上江徵傑來看望他的時候，問他知錯了沒有。

周婉拚命給江出雲使眼色，讓他給爹服個軟，這件事就算揭過了，畢竟老夫人知道此事之後，將爹訓斥了一頓，怪他怎麼對兒子如此狠心。

江出雲認了錯，之後卻無意間從廚房那邊聽說，當日的紅燒肉是廚房裡燒的，不是外頭買的，父親根本把他說的話忘得一乾二淨。那個時候的他，還滿心以為只要他做得好，就能得到父親的認同，卻沒想到等來的是父親的謊話。

在他從眾人口中的神童變成他人眼中只知道吃喝玩樂的紈袴子弟後，心裡或許是因為童年的這件事，總是往酒樓、茶樓跑，點上一桌菜，也不用擔心是不是會挨餓，大概算是對父親的一種幼稚的反叛。

看著端上來的糯米珍珠丸子，江出雲挾起一顆放到嘴裡，豬肉的香氣滲透進糯米之中，鮮香的味道充斥在口中。

江出雲其實已經很久沒有再吃過這道菜，因為只要一看到這道菜，就會勾起他那些不愉快的回憶，但他並不想讓母親察覺自己的心思，沒有表露出內心湧出的苦澀。

這個時候，何葉家中，福姨正為了晚飯忙得熱火朝天，何葉實在閒不住，就去給福姨打下手。

茄子燜馬鈴薯、清炒生菜、蘿蔔湯，這些就是晚飯的全部，何田一看，大叫著為什麼沒有肉，被福姨瞪了一眼，悻悻的閉上了嘴。

何葉也意識到家裡雖然情況還不錯，但也沒有富裕到頓頓都能吃上肉的程度。

吃完飯的何葉一直在房間裡踱步，等著何間回來，想要跟他談談自己想去聿懷樓當學徒，她想著今天的鳳梨炒飯，或許能證明她的能力。

但等到福姨來催促她早點睡覺，她看著何田和福姨房間裡的燭火熄滅，進入了一片黑暗，想來今天許是等不到何間回來，才不捨的鑽回被窩中。

一連過了好幾天，何葉才找到機會和何間說話。

何間聽完何葉提的要求，沈默了良久。「之前我就說過，我不希望我女兒出嫁前就這麼辛苦，做飯也不是看起來那麼輕鬆的事情。」何間長嘆了一口氣，又緩緩說道：「爹雖然能力不夠，但會盡可能幫妳找個好婆家，有人來照顧妳，而不是妳去照顧別人。」

這下子輪到何葉沈默了。她提出這一要求，本就存著試探之心，看是不是有機會能夠在務城也找點事情做，而不是整日在家做女紅、看話本。

何葉其實也意識到了是她太心急了，在業朝雖然民風比較開放，畢竟女子還是以相夫教子為主，在外面拋頭露面做生意的，絕大多數是已經成婚的婦女。

而且換位思考一下，她也能明白何間的用意，畢竟是自己的骨肉，總是想要捧在掌心裡。

這也是何葉第一次在穿越過來後，真正打從心底接受了這個父親的存在——那個曾經在她生命裡缺失了很多年的角色。

「爹，我知道了。」這是何葉穿越來以後，第一次真誠地開口叫何間「爹」，以前她一直只當他是個親切的叔叔。而今，她從何間的話語裡感受到了真正的關心和在乎，她應該試著真正融入這個家。

何間若有所思的回到房間裡，打開了一只上鎖的箱子，從底層拿出一個小木盒，裡頭裝著一枚金子打造的長命鎖。

當年清君側時，百姓紛紛逃離務城。在逃難的路上，他和妻子在山洞裡發現何葉的時候，她身上就戴著這個。他們夫妻二人當時等了約莫半個時辰也沒有等到人來，想著這孩子被人遺棄，一時不忍，又擔心她在山洞裡被野獸傷害，只得抱走孩子。

沒想到一晃就十多年過去了，何葉長成亭亭玉立的大姑娘，他一直猶豫是不是要告訴何葉真相。但在妻子彌留之際，希望他無論再苦再累也要把何葉當親女兒，不想何葉怨恨她的親生父母，也不想讓她去思考當年父母為什麼拋棄她。

何間沈思良久，還是將長命鎖放回盒子中。他希望未來何葉能夠嫁個好人家，平平安安過一輩子，這就是他全部的心願。

# 第五章

臨近除夕，家家戶戶的門前都掛了醃製的肉類和鹹魚，門上也貼上喜氣洋洋的紅色對聯。

何葉聽何田說，這段時間宋懷誠的門檻都快被知巷的左鄰右舍踏破，只為求一副對聯。

聿懷樓根據往年的慣例，在除夕和年初一這兩天休息，所有雇員放假。何間自然就有時間顧得上家中的年夜飯，而福姨則是回到老家與全家團圓。

福姨回家之前，提早做好準備工作，把家中打掃得煥然一新，再一一囑咐何葉醬菜罈子和鹹肉儲藏的地方，這才不放心的離開了。

何葉讓福姨回家多待兩天，弟弟她能照顧好，福姨嘴上是應下了，但心裡估計還是千百個不放心。

大年夜當日，何間趕了個早市，買了不少豬肉回來，要做炸肉圓、蛋餃，還有餃子餡。

何葉起來的時候，就看到何間已經在灶臺邊上忙活開了，便準備去搭把手。

看樣子何間打算先做最複雜的蛋餃，正要將一個個雞蛋打入碗中。

「爹，我來吧，這簡單的事情我還是能做的。」

「何田呢？」

「還在睡吧。」

「這小子也不知道出來幫忙。」

「讓弟弟多睡會兒吧，他平時讀書也挺累的。」經歷過大大小小無數場考試的何葉這麼說，何間這才不作聲。

何葉打著蛋液，看著何間另起了個柴火堆，找來個鐵勺，放在離火堆有點距離的地方。何間將豬油塗在鐵勺上，再將打勻的蛋液澆入鐵勺，瞬間發出「滋滋」的聲響，這時候趕緊轉動手腕，讓蛋液沿著鐵勺流動開來，趁著蛋液還沒有完全凝固的時候，將肉放入其中，順著鐵勺的弧度，將蛋皮一摺二。

兩邊的蛋皮嚴絲合縫後，再讓蛋餃翻個面，煎到微微金黃即可放到一旁的盤子上。

何葉也是看著新奇，她記憶裡的蛋餃都是冷凍包裝，流水線生產出來，每一個都是一模一樣的。何間做出來的蛋餃大小存在著細微的差異，也有幾個煎得比較焦黃了，顏色也不大相同，從何葉眼裡看來很有意思。

何田起來的時候，蛋餃已經做到尾聲，而何葉坐在一旁的小板凳上削著荸薺。這荸薺切碎末再加到肉圓裡，能增加清甜爽脆的口感。

何田揉著眼睛走到何葉身邊。「姊，我來幫妳一起削。」

「沒事，都快好了，你去看看爹有什麼需要幫忙的嗎？」

何田還沒走到何間身旁就被往邊上轟。「沒什麼事，別過來添亂！」

何葉聽了這話就笑了，剛才何間還責備何田沒有起床來幫忙，現在又換了一個人似的，假意嫌棄。

何田只能另外搬了一張板凳，坐在一邊看何葉削荸薺。「姊，妳說這好吃的東西怎麼這麼麻煩？」

「不麻煩可能就不好吃了。」

何葉將削好的荸薺遞給何田，何田一口塞進嘴裡。「挺甜的。」

路過的何間打了一下何田的頭。「不知道幹活，就知道吃！」

「還不是你不讓我幹的，還有能不能不要老打我頭，會變笨的！」何田叫道。

何葉突然覺得她已經很久沒有感受到這種吵吵鬧鬧的熱鬧氛圍，以前在嬸嬸家過年，總是要看嬸嬸的臉色，擔心她是不是會說錯話。想父母了，也只能躲在被窩裡偷偷的哭。而跟大學室友的關係，也因為她一直在外面打工，只是維持著表面的友誼。

正想著，家裡的木門「吱呀」一聲被推開了。

何間一看來人。「小宋啊，來了，快快進來坐。」

「何叔，打擾了，過年了，我沒什麼東西能送你的，這便寫了副對聯。」

「打擾什麼？讓葉子和你一起去貼了。」

何葉聞言，拎著一小桶的漿糊，拿著刷子打算往門框上刷，卻發現搆不著門框，宋懷誠自然而然接過她手中的刷子，把對聯塞到她懷裡，開始幹起活來。

「拉直了嗎？」拿著對聯頂端的宋懷誠問。

「嗯，下面拉好了。」

在宋懷誠和何葉的合作之下，何家的門框也出現了喜氣盈門的對聯。

再進門的時候，炸肉丸的香氣已經飄散出來，每個肉圓都在熱油裡不停的翻滾，一定要炸到表面呈深棕色，才能保證肉丸內裡也熟透了。

何田看著何間撈出圓滾滾、油亮亮的肉圓，已經在旁邊眼饞得不行。等稍微涼了，就拿起一個往嘴裡塞，含糊地說著。「好吃！」

若不是何間不得閒，何田許是又要挨打了。

何葉和宋懷誠看著這一幕，相視一笑。

不論平民貴冑，過年這日總是忙碌。寬陽侯府裡，下人們也在張燈結彩，為這一頓年夜飯做準備。

各個房中也都穿上了新衣服，江出雲一身的玄色暗紋圓領袍，滾著金邊，顯得整個人既高䠷又沈穩。他慢悠悠來到大廳時，眾人都已按輩分落坐，江老夫人坐在主位，兩邊坐著江徵傑和周婉，他走到江徵傑身邊坐下。

「怎麼才來？這麼多人都等你一個！」江徵傑責備道。

江出雲垂目。「看書忘了時辰。」

「你什麼時候這麼用功了？」

「好了，好了，團圓飯講這些做什麼？又不是在軍營裡，人既然到齊了，那便開席。」老夫人一開口，所有人都安靜了下來，一道道菜餚端上來，大家開始安靜吃飯。席間時不時穿插一些江徵傑詢問兩個兒子課業的聲音和布菜的聲音，一桌子的人都吃得各懷心思。

江出雲原本想陪著周婉一起守歲，卻被周婉說吃飯吃得乏了給打發回院子裡，江出雲覺得悶，打算出去晃晃，也好看看今晚宮裡放的煙花。

他避過府裡的守衛，翻牆而出，一路走到聿懷樓，才想起今日聿懷樓歇業，沒有開業的聿懷樓佇立在黑暗的街道上，就像一個巨大的士兵，守衛著不遠處的城牆。

他信步走著，看著各家的屋內都散發出點點黃色的燭光，天空不知何時飄起了細碎的小雪。

不知不覺他走到了何間家門前，貼上春聯的大門對他而言有點陌生，他站在門口，聽到門內傳來模糊的歡聲笑語。

正當江出雲要轉身離開的時候，門從裡面被拉開了。

「爹，我先走了，我約了隔壁小黃去放鞭炮了。」

正準備出門的何田盯著門口的江出雲看了一會兒，突然喊道：「你！你是不是那天送我姊回家的人？」

何田的動靜引來了屋裡人的注目，何間一看到江出雲，衣服也沒披就出來了。「江公子，這個時候怎麼在這裡？」

「路過。」

何間搓著手臂，抬頭看了看天色說：「要不嫌棄就進屋來暖暖吧，今天看著也不像下雪的天，還怪冷的。」

宋懷誠也聞聲而來。「江兄！」

江出雲看到宋懷誠也是一愣，但想了一瞬便明白了過來，大概是何間覺得宋懷誠一個人吃年夜飯孤獨，才請了過來。

只有何葉後知後覺的把衣服裹得嚴嚴實實才出來。「爹，你快進去吧，屋裡暖和。」

「進來吧，進來吧。」何間硬是把江出雲拉了進來。

何葉在他們進屋之後，還留在外面，在南方長大的她鮮少有能看見雪的機會，以前她一見下雪就特別興奮，那怕是飄小雪也會激動得飛奔到樓下。

何葉就在院子裡看著雪飄到衣服上，還能明顯看見雪花六角形的形狀，慢慢的融化在衣服上，變成一小灘水漬。

何間透過房門，看著還在院子裡抬頭看著雪落下來的女兒，露出了寵溺的笑容。「讓你們見笑了，何葉她也就還是個孩子。」

「無礙。」江出雲說。

「倒顯得活潑可愛。」

江出雲聽到宋懷誠誇何葉可愛，只見外面的人穿著一身正紅色上襖，下配繡著紅梅的白裙，整個人還裹在白色的披風裡，襯得皮膚白皙，在院子裡看著雪轉圈，裙襬飛揚的樣子確實有幾分可愛，不像第一次見到的那個牙尖嘴利的姑娘。

江出雲臉上不自覺的也湧起了一股淡淡的笑意。

「快進來吧，外面冷，別再染風寒了。」何間擔心何葉再像上一次病倒。

何葉這才依依不捨的從院子裡進來，把屋子的門給關上。

桌上還放著吃到一半的菜，江出雲看了看，雖然普通，但應該也是平凡人家一年到頭的犒賞，蛋餃肉圓排骨湯、四喜烤麩、青椒炒臘肉，還有一大盤餃子，也不知道是什麼餡的。

何間給江出雲遞了副碗筷。「江公子，吃了嗎？再吃點吧，這餃子是酸菜餡的，我自己醃的酸菜，你嚐嚐看。」

江出雲沒抵住何間的誘惑，挾起一個蘸了蘸醋，咬了一口，酸味和鹹味在口中碰撞，鹹香溢散開來。

江出雲剛要開口誇好吃，就聽到何間說：「我呀，別的本事沒有，這做飯還是可以的。」

江出雲點頭稱是，何葉也誇何間的手藝是一絕。

何間的興致一下子就上來了，從地窖裡搬來了一大罈的黃酒，說是要暖暖身子，硬是給所有人都斟上了一杯。

「來來來，我也不怎麼會說吉利話，就大家過個好年。」何間邊說，邊一口氣把杯中的黃酒全喝了。

江出雲用袖子掩住嘴，也一飲而盡，何間一看，就忙著給他添酒。

宋懷誠面露難色，但還是學著江出雲的樣子，喝完了杯中的酒，眉頭緊皺，抿了抿嘴，似乎不是很習慣酒的味道。

何葉也不知道這具身體的酒量到底如何，只能背過身輕輕抿了一口，不敢多喝。

酒過三巡，何葉只喝完了一小杯，宋懷誠已經滿臉通紅，似乎到達了臨界點，江出雲倒是面色如常，何間還在不停的勸二人喝酒。

「爹，差不多就行了，醉了第二天該頭疼了。」

何間一揮手。「今天開心，難得有人陪我喝！就喝個夠！」

何葉見這樣，想來再勸也勸不動，只能看著何間抱著杯子胡言亂語。「喝，繼續喝！」

宋懷誠被何間勸得喝趴了，頭搭在桌上，虛弱的抬起手揮了揮，手又重新垂落到身體兩側。江出雲倒是一臉淡然，只是兩頰的緋紅透露出他喝得並不比兩人少。

何葉想了想，還是決定把何間先弄回房間，她小心翼翼的把何間手中的酒杯拿起來，拍了拍何間的肩，輕聲細語的說：「爹，睡覺去了，起來回房間了。」

何間猛地一個起身，含糊不清的胡言亂語，但總算還是步履蹣跚地往自己的房間走去。

何葉看著何間倒在床上，貼心的給他脫下鞋子，蓋好被子，躡手躡腳的關上了門，想來何間這夜是守不成了。

等到她出了房門，才想起來客廳裡還有個喝到不省人事的人，何田也不知道野到哪裡去了，還不回來。她想著，是不是應該把宋懷誠搬到何田房裡，讓兩個人湊合著過一晚上。

回到大廳的時候，發現江出雲已經穿戴整齊，就連披風都繫上了。「走吧。」輪到何葉疑惑。「去哪兒？」

江出雲看了看宋懷誠，將宋懷誠的胳膊擱到他脖子上。「送他回去。」

「我跟你一起吧。」何葉後知後覺反應過來，趕緊把披風給穿上。

江出雲架著宋懷誠，何葉扶著他一條手臂，雖然覺得可能自己這點力氣也是九牛一毛，但心裡還是感謝江出雲替她解決了這個困擾。

他們二人將宋懷誠安頓妥當，離開的時候，外面的雪簌簌落下，地上積了薄薄一層雪，在月光的映照下泛著銀輝。

何葉和江出雲並肩走在小巷中，雖然夜深，家家戶戶還傳出喧鬧的聲響，似乎都在舉杯歡慶。

天有點冷了，何葉突然想起懷裡有松子糖，從懷裡掏出紙包，看向邊上的江出雲，猶豫了一下，還是將紙包遞了過去，對方愣怔了下，才撚起一顆糖塞到嘴裡。

何葉自己也拿了顆松子糖放入嘴裡，松子糖清甜的味道在口中融化。

她想起了前世去旅遊的時候，在食品店看著師傅在不鏽鋼的桌面上，將軟化的松子糖揉搓成長條，再用剪刀剪成三角形小粒，等凝固裝袋，放在櫃檯上售賣。她還特地帶了幾包給室友，也不知道她們現在還好嗎？

「謝謝妳的糖。」江出雲的聲音將何葉從遙遠的思緒中拉了回來。

「不會。」

驀然間，遠處傳來巨大的聲響，絢爛的煙花在他們身後墨藍色的天空四散濺開，綻放出耀眼的光芒。

「新年快樂。」江出雲對著抬頭仰望著煙花的何葉說。

「嗯，新年快樂！」何葉的眼中倒映出火樹銀花，輕輕呢喃著。「要是有照相機就好了。」

「照相機……」江出雲似乎聽到了何葉的低語，重複著這個詞。

何田等一眾孩子手裡提著鞭炮，從不知道哪個角落躥了出來，迎面撞上江出雲和何葉。

「姊，我去放鞭炮了，一起吧。」何田奔在最前面。

「你自己去吧，注意安全，早點回來。」何葉笑著讓何田去玩個盡興。

往巷子外跑出去的何田，跑到一半，想了想，又轉頭跑回來塞了一把東西給何葉。

何葉低頭一看，是仙女棒，倒沒想到這個時候煙花工藝已經可以製作出如此細長的手持煙花。但她沒有點火的物件，打算先把仙女棒揣在懷裡，找時間再說。

卻沒想到江出雲從懷裡掏出了個火摺子。「要點嗎？」

打開火摺子輕輕一吹，火焰竄了起來，江出雲用手護住火焰，將煙花棒點燃，煙花棒靜寂了片刻後，瞬間爆發出耀眼的光芒。

何葉隨手塞了兩根給江出雲，興奮的拿著煙花棒在空中畫著圈。

此時不遠不近的地方也不斷的爆發出噼哩啪啦的爆竹聲響，歡送前一年的離開。

江出雲有些意外，拿著兩根煙花棒似乎若有所思，直到煙花棒燃燒到尾端。

看著何葉手中的煙花棒也一根根燃盡，江出雲才出聲。「走吧。」

江出雲將何葉送到門口，何葉突然想起油子的錢還沒有給江出雲，便說要進去取，卻被江出雲給拉住手臂。

何葉愣了一下，江出雲瞬間放開了手。「不必了。」

「但今晚還是謝謝你，沒什麼好送你的，這個你收下吧。」何葉將那一包松子糖塞到江出雲的手裡，轉身就推開了木門進去了。

江出雲將手裡那包還帶著餘溫的松子糖揣進懷裡，看著皇宮方向盛大煙花過後剩下的裊裊餘煙，慢悠悠的往寬陽侯府走回去，想著今日許是喝多了，才做了那麼多出格的舉動。

等到江出雲回到府中，府中的小廝說剛才侯爺來過，知道江出雲並不在府中，發了好一頓脾氣。

江出雲表示知道了，揮退來稟報的小廝。這時從房中走出來一個全身黑衣的男子，腰間別著一把短刀。「除了侯爺過來找您，江出硯也曾來院中打探過您的行蹤。」

「過年也不安分。」江出雲輕按著太陽穴，對青浪說：「新年，你也可以休息。」

「不需要。」

江出雲以為自己的性格已經夠冷了，但每當看到青浪，就覺得自己也不過是小巫見大巫，青浪的骨子裡總帶著一份闖蕩江湖的肅殺和冷漠。

青浪本是江湖中人，在務城遇到了仇家尋仇，身負重傷，在都城遭遇這種事本應該報官處理，但由於涉及到江湖紛爭，便只能用江湖手段解決。

當時他被路過小巷的江出雲撞見，江出雲悄悄把青浪帶回府中醫治。

青浪痊癒之後，一聲不響的就走了，但在一個月之後又神不知鬼不覺的出現，說之前的事情已經報了仇，江出雲對他的救命之恩他始終銘記於心，要誓死效忠。

青浪對自己的來歷始終緘口不言，什麼都不肯說，只是堅稱絕對不會傷害江出雲，也不會對他造成任何威脅。

儘管江出雲對青浪不搭不理，表示不需要報恩，自己也不過是舉手之勞，但青浪始終在暗處保護著江出雲。也正是那段時間，青浪無時無刻不跟在江出雲身邊，這才有了江出雲與江湖中人交好的傳言。

有一回，江出硯的小廝意圖在江出雲茶裡下藥，被青浪給發現，直接折斷小廝腕骨。這件事鬧得府裡人盡皆知，但是那個小廝一口咬定說是他自己的主意，看不慣江出雲這樣的紈袴公子在府裡還能處處壓江出硯一頭，內心憤懣，這才出此下策。

那小廝被關在柴房，在移送官府之前，小廝便在柴房懸梁自盡，江出硯究竟是不是幕後主使也是死無對證。

由於此事影響到了寬陽侯府的名聲，江徵傑下令全府上下不得外傳，而江出硯也因為對下人管教無方，被罰閉門思過七天。

此後，這件威脅到江出雲生命的事情就像一場陣雨，再沒有任何蛛絲馬跡，遑論查明事情真相。寬陽侯府內依舊上演著父慈子孝、兄友弟恭的虛假情景。

江出雲這才意識到，哪怕自己不爭不搶、收斂鋒芒，卻還是會對某些人產生威脅。於是他決定留下青浪作為暗衛，平時留在侯府中保護母親周婉的安全，青浪從那以後也不再出現在人前。

青浪告退之後，江出雲在黑暗中扶著額頭，想到今晚的點點滴滴，突然溫柔的笑了。

昏黃的燭火搖曳倒映在牆上的影子，說著家長裡短的閒話，似乎也不是很無聊。只是想到來年即將要舉辦的科舉，想必務城到時又將是風起雲湧。

這新的一年，肯定不會太平。

# 第六章

初一的清晨，被一片薄霧籠罩著，整座務城還在昨日除夕喧鬧過後的餘韻下沈睡著。

早起練完劍的江出雲今日早早的往廳堂去了，到廳堂的時候，還沒有其他人到，許是時辰未到，小廝安靜的奉上一盞茶，便看著眼色退下了。

其他的奴僕也在忙進忙出地準備著朝食，每人位上都放著一碗酒釀年糕和湯圓，圓桌中間放著八寶飯，周圍一圈放著各式的醬菜。

江出雲看了看，都是些討口彩和吉利的吃食，含有希望新年一家人團團圓圓、節節高升的寓意，只不過他們家似乎已經沒有可以高升的餘地了。

等到下人差不多把所有的碗碟都布置完畢，眾人這才姍姍來遲。

老夫人一進門，江出雲便走過去攙扶。

「奶奶，新年好。」

「哎哎，新年好，新年好。」老夫人向旁邊的嬤嬤遞了一個眼神，嬤嬤便將一個荷包遞給了江出雲。

江出雲看了看奶奶，意思是已經不能再收這壓歲錢。

「給你，你就拿著。」

想著再過幾個月便是奶奶的七十大壽，江出雲打算到時候再尋一份賀禮回應奶奶的心意便是。

等江出硯來的時候，老夫人也同樣讓嬤嬤給了一荷包的壓歲錢，江出硯對著老人家說了一堆的吉祥話，哄得老人家眉開眼笑，江出硯還時不時瞥上一眼江出雲。

江徵傑沒忘記質問江出雲昨晚的行蹤，卻被老夫人打斷。「孩子都這麼大了，你管這麼多做什麼？」

「夜不歸宿都不管，我看他遲早要翻天！」

「新年第一天都在胡言亂語什麼？是不是連頓飯都不打算安生吃了。」老夫人故意提高了音量。

江徵傑這才沒有繼續追問，江出雲卻沒錯過江出硯眼裡一閃而過的嫉妒。

一桌人都等老夫人先動筷子，老夫人吃了口八寶飯。「這八寶飯不錯。」

「這是聿懷樓做的，昱王殿下派送到各家府上的。」江徵傑說。「這聿懷樓本事確實不小，什麼都能做。」

「那可不是，要不我們家的大公子也不至於整天就泡在聿懷樓。」江出硯的親娘秦萍開了口。

「就這點出息！」江徵傑看了眼坐在身邊的兒子，也不知道這兒子光有皮相有什麼用，還不是個胸無大志的人。

「我剛才說的話，都聽不進去是不是？」老夫人氣得差點摔筷子，瞪著秦萍說：「還有妳！哪裡輪得到妳說話？」

老夫人向來喜歡孩子，江出雲也是在她跟前長大，但江出硯出生之後，既沒有交給周婉帶，也沒有放在老夫人跟前，因此老夫人對著秦萍總是有著偏見。

秦萍沒想到一開口就惹火上身，便悻悻的不再多說，只是狠狠的剜了江出雲一眼。

江出雲恍若未覺，淡然的吃著碗裡的酒釀湯圓。

江徵傑看秦萍被教訓，心裡也不好受，只好出來打圓場。「既然娘喜歡聿懷樓的東西，那您大壽的時候，便讓聿懷樓的廚子來府上給您操辦，我聽說出雲和聿懷樓的廚子熟，要是提前去請，一定給您請來。」

「你看看、你看看，這事你一點都不上心，還不是要扔給小的辦。不說了，不說了，吃飯。」

江徵傑被老夫人說得語塞，這才安靜的結束了這頓新年的早飯。

另一廂，何間和何田經過昨晚的鬧騰，都還沈浸在夢鄉之中，只有何葉早早醒了。

雪似乎在何葉熟睡的時候就已經停了，地上的雪變成了白茫茫的一層地毯。

何葉把地上薄薄的積雪攏了起來，弄了兩個圓球，上下一放，堆成一個小雪人，放在房間門口。

洗漱完畢後，何葉想起昨日聽何間說今日要蒸八寶飯，便提前開始準備。想著昨夜何間似乎喝得有點多，也不知道家中是否有材料可以煮道醒酒湯，她想到前世看的電視劇有豆芽湯之類的，但找了一圈沒有找到食材，只能作罷。

等到八寶飯散發出蒸騰的熱氣，何葉才打算去把家裡兩個人都叫起來，沒想到兩人已經自行起床洗漱，眼睛裡帶著睏意，坐在餐桌前。

何田一看到八寶飯上桌，雙眼頓時散發出了光芒。「有八寶飯！」

「從樓裡帶回來的。」何間解釋，一手還扶著頭，看樣子昨晚的酒勁似乎還未完全消散。「這年紀大了，就是不能喝了。」

「姊昨晚肯定勸過你，讓爹不聽勸。」何田拿勺子去挖八寶飯中間的豆沙餡，一邊對何間說。

何間一掌就拍上了何田的手。「也不知道讓長輩先吃，還只挑自己愛吃的！」

「爹！」何間叫道：「姊，妳來評評理！」

「有什麼事情就知道賴著姊姊，瞧你這點出息！」何間說。

「爹，不過說真的，今年這八寶飯似乎格外好吃。」何田也不將何間慣常的責備放在心上。

「每年不都一樣嗎？就是豬油和糯米飯，再放點核桃乾果，就一個八寶飯，又翻不出花來。」何間不以為然。

何葉想到了現代的八寶飯，內餡還真的花樣百出，不僅豆沙餡的，還有流心奶黃餡和芋泥餡等等，或許能找個時間嘗試一下。只不過何葉也不知道在現代視為創新的開發，放到業朝會不會被看做是不倫不類的存在。

看著兩人一來一往，何葉不經意的就笑了。新年第一天，家中如往常一樣的熱鬧，她意識到，到了這個朝代，有了家人的溫暖，即便身處完全陌生的環境，也沒有特別糟糕的感覺。

何間雖然語帶責備，但還是把八寶飯的堅果都分給兒女，自己只是挖著糯米飯吃，想把八寶飯的精華都留給他們。

吃過早飯，何田一溜煙的就出門了，約了隔壁的小黃，不知道要到哪裡去撒野。

何間也裹上棉衣要出門。

何葉隨口問了句。「爹，您去哪兒？」

「出去買點菜，順便去趟樓裡，看看明天有什麼要準備的。」

「不是休息，怎麼還去樓裡？」何葉疑惑。

「這不休息了，有不少人都回老家了，樓裡也沒剩下多少人，後面幾天每天都有訂好的酒席，要提前準備。」何間抬頭看了看陰沈沈的天氣。「待會兒也不知道會不會再下雪。」

何葉想了想，昨晚何間實在喝了不少酒，今早的狀態也不算太好，打算跟著他一起去。

何間一聽，第一反應就是拒絕，說大冷天的不能讓何葉到處跑，萬一累著生病了可不好，但何葉一再堅持，還搬出了現代那套只有多鍛練才能增加抵抗力的說法。

何間聽得雲裡霧裡的，拗不過她，只能帶著何葉一同出去，只是再三叮囑何葉要穿得厚實點，帶上油紙傘再出門。

何葉再來到聿懷樓，已經算是輕車熟路，沒想到還有人也在酒樓裡。

「喲，老何怎麼來了？閨女也在啊。新年好啊！」

「新年好！錢掌櫃，你怎麼也來了。」何間親切的打著招呼。

「這不，不放心明天的預訂，來看一看，還有這帳總不放心，來算一算，你呢？」

錢掌櫃說道。

「一樣一樣，都是操心的命。明天不是禮部尚書還是工部尚書家訂了桌酒席，就來看看食材。」

何葉聽著兩個人說話，也沒有插嘴的餘地，安靜的站在一旁。

「你聽說了嗎？老鄭還有小趙都說過了年不來了。」錢掌櫃突然愁眉苦臉的說。

「老鄭我知道，說是孫子出生了，回家享兒女清福去了，怎麼小趙也不來了，沒聽說啊。」

「這年輕人性子不定，說走就走，也不知道是不是被哪家酒樓挖了去。」

一聽這話，何間的眉頭瞬間也擰了起來，半是安慰的說道：「不會的，小趙人還不錯的，要是被挖了總應該有個交代的，說不定家裡有什麼事不方便說。只是，錢掌櫃，這人手本就不夠……」

「這培養個廚師也是要好幾年，過年期間，也不知道找不找得到人頂上。」錢掌櫃一臉為難。「這被昱王殿下知道了，指不定怎麼發火。」

何葉一聽聿懷樓要找人，原本平靜下來的心又開始蠢蠢欲動。「那這找人有沒有什麼要求？是招學徒還是找正式廚師？」

「都招，這本來就缺人，過個年還走了兩個。」錢掌櫃不無憂慮的說道：「而且跟你們說實話，最近這收益一天一天都在降，外面都說聿懷樓現在沒有新菜式，一直在吃老本。」

一聽這話，何間的臉也耷拉了下來。

雖然聿懷樓名聲在外，但是近幾個月來，他忙著富貴人家的宴席，也沒注意新菜式的開發。

前兩天路過大堂，看到不少人求購八寶飯，還以為聿懷樓生意一直很好，直到今日聽到錢掌櫃這麼說才知道內情。

「我有一個法子，不知道當講不當講。」何葉猶豫的開口。

「有什麼法子，妳不妨直說。」何間想著上次也是何葉幫忙出的主意，這次或許也可以聽聽女兒的見解。

「不妨搞個競賽模式。」何葉突然想到了前世看過廚藝競賽類的綜藝節目。

聿懷樓作為務城第一大酒樓，又有昱王的名聲加持。何葉想著俗話說得好，人往高處走，一旦競賽的風聲放出，有意者絕對不會放過這個絕佳的出名機會，必定會趨之若鶩，甚至也會有人奔著取代何間的位置而來。

以招募新人的方式為契機舉辦競賽，第一輪考驗應聘者的基本功，讓所有人在規定時間內做同一道菜，從基礎的擺盤再到色、香、味，便可以看出此人是否符合聿懷樓的標準。

經過第一輪的篩選後，第二輪便是考驗創意，利用規定的食材，想辦法擺脫原有的桎梏，研發出新品，而獲得最高評價的一到三人的新品，便直接保留下來，加入聿懷樓的食單中。

聽完何葉的點子，錢掌櫃似乎理解了比賽的模式，但還是很緊張的問：「那這聿懷樓辦競賽，不開業了？」

「不，這關鍵就在決定的人身上。」

「那妳快點說。」何間也在一旁催促。

「既然要辦競賽，就需要評審，這評審不如就讓聿懷樓的客人擔任？」

「這……莫不是給每一家常客上門遞帖子？」錢掌櫃疑惑。

「不，競賽的模式就是盈利，錢掌櫃之前可曾聽說過類似的競賽？」何葉說。

「這比文比武都有，比廚藝還是第一次聽說。」

「那這競賽對務城人來說便是新鮮事，自會有好奇者前來。聿懷樓不妨向意圖參加的賓客收取入場費，入場的客人擁有每輪的評分權，這樣增加了賓客的參與度，聿懷樓也有了進項。」

聽完何葉全部的闡述，錢掌櫃樂得都要合不攏嘴。「好好好，這個方法我看行！等等我就去稟報昱王殿下。」

但在一旁的何間似乎還有些疑慮。「但這所有的前提，都是要有人來參加，萬一沒人來怎麼辦？」

「放心吧，老何，這風聲放出去，光是聿懷樓這三個字，就能吸引不少廚師，誰還不想一步登天？」錢掌櫃寬慰道。「待我去稟報昱王，這件事就能安排上。」

「這……」何間糾結。「那錢掌櫃去稟報的時候，是否能隱去是小女出的主意。」

「老何，你這有什麼顧慮？這麼好的主意說不定昱王還有賞呢。」

「錢掌櫃，你就幫幫忙。」何間說。

「那行，我就說是老何你出的主意，要是有賞賜還是給你們，這功勞我老錢也不好貪。」錢掌櫃如是說道。

「那便謝過了。」

「都聿懷樓的老人了，你這麼客氣做什麼？」

錢掌櫃聽了提議，歡天喜地的抱著他的小算盤離開了，走之前還叮囑何間走的時候不要忘記鎖門。

「妳不怪我吧？」何間轉頭問何葉。

「什麼？」何葉一時間沒有反應過來。

「不讓昱王知道是妳提議的事情。」何間說。「畢竟涉及到皇家，我也只是燒菜，其他經營方面的事也管不上，我就想著，妳還是少參與為好。」

「爹，沒事，我沒放在心上。」

何葉內心還暗自慶幸何間提出了這一要求，她本來也只不過希望替何間解憂，沒有想要出頭的意思。

而且一旦舉辦比賽，她還想瞞著何間來參加，現在當然不能說，她打算先斬後奏。雖然是她自己提出的比賽，卻也沒有把握，再怎麼樣，光靠前世那點打工的經驗，還不足以和那些專業的廚師一較高下，或許在創意那一項裡，多少能占點優勢。

錢掌櫃自從聽了何葉的點子後，一直在找尋合適的時機去稟報昱王。

可是新年裡，昱王不是在皇宮裡，便是在其他家串門子。錢掌櫃心裡總記掛著這件事，直到初十那一日，昱王帶著王妃到聿懷樓，錢掌櫃這才找著機會稟報。

「你是說辦比賽？」

「回昱王殿下的話，正是。」錢掌櫃畢恭畢敬的回答。

「可是這總不能將廚房搬到廳裡來吧？」昱王妃說道。

「可以向賓客開放廚房，願意觀摩比賽的，自然可以參觀，不願意的，就在廂房裡等著菜端上桌便是。」錢掌櫃將當初何葉的想法轉述給了昱王妃。

「聽著還挺有趣。」昱王妃看著昱王說：「這聿懷樓也似乎很久沒辦些熱鬧的宴會了。」

昱王聽著錢掌櫃和昱王妃的話，並沒有立刻給出回應。錢掌櫃不安的瞥著昱王的臉色，生怕惹了昱王不悅。

「這想法似乎還不錯，那便這麼決定吧，不妨就在正月最後幾天，沾沾喜氣。」

「這是後廚掌勺的何師傅提的。」錢掌櫃趕緊補充。

「也是辛苦何師傅了，既要操心後廚的事情，還要擔心酒樓的營業問題。」

錢掌櫃聽這話的意思，彷彿是他這個掌櫃的沒有盡職，在溫暖的房間裡，頭上的汗珠開始不停的滲出來。

「錢掌櫃，我和王爺剛才路過點心坊，買了點雪花酥，你拿去和何師傅分了吧。」昱王妃看到錢掌櫃的樣子，估計他是多慮了，為了讓他放寬心，決定還是一貫的給點打賞，其他具體的分紅和賞賜，還要看這次競賽的收益才能決定。

昱王揮手讓錢掌櫃退下，錢掌櫃躬身退下，走到門口才將頭上的汗水拭去。他知道昱王，這賺錢的法子昱王肯定會答應，只是沒想到這次沒那麼容易鬆口。

房間內，氣氛還是像剛才一樣的凝重。「這錢掌櫃都走了，你怎麼還看著心事重重的，我覺得這是個好法子。」

「法子雖然好，」昱王停頓了一下繼續說：「但妳也知道，太子和彥王都對聿懷樓盯得緊。」

「酒樓總要開，這也就是個娛樂的比賽，不打緊。」

「就擔心他們覺得我另有所圖，他們都指著我支援其中一方，想從我這兒分點聿懷樓賺的銀子。」

「可是這酒樓裡上上下下養著的人，開銷也不少，到我們府裡哪還有那麼多銀子？前兩天我看帳簿，收益遠沒有前兩年好了。」昱王妃說話的口氣中多多少少帶了點抱怨。

「他們又怎麼能知道？」昱王說。

「他們一邊拉你進陣營，一邊還提防你。」

昱王妃也只能私下和昱王發發這些小女孩脾氣，在朝廷的紛爭之中，她向來沒有什麼主張。她的出身一般，只是個五品文官的女兒，並不如彥王妃那般出身鎮國將軍府。

昱王只是搖頭，隨即換上了平時溫柔的笑容。「別說了，等會兒安心吃飯吧。」

昱王妃想起當初她與昱王相識，是在郊外遊玩的時候，昱王偶然間與一眾世家小姐偶遇，對她一見鍾情，便向父皇請旨求娶。

當初昱王執意求娶自己，宮裡也曾傳出不少反對聲音——聖上一共就三個兒子，竟然讓二皇子娶了個沒有任何助力的王妃，意味著昱王直接喪失了繼承皇位的資格。

雖然她知道昱王志不在此，不然也不會經營聿懷樓，只不過身為皇家中人，有很多事情都身不由己，不得不面對許多的紛紛擾擾。

聿懷樓要舉辦競賽一事，經過錢掌櫃的造勢宣傳，立刻在務城一傳十、十傳百的傳開了，街頭巷尾人盡皆知。

聿懷樓除了舉辦廚藝選拔競賽之外，更將在競賽之後，發表何間最新準備的新菜式，抽選幸運賓客進行品嚐，雖然不是人人有份，但長時間沒有新菜色的聿懷樓也因預告要推出新品，在老饕和常客間引發了不小的話題，人人都在好奇神秘新品的登場。

而聿懷樓為這場競賽專門開設的售票點，更是被務城官宦和富商的小廝擠得水洩不通。

更有甚者，則是命令府裡的下人，前一天晚上就先拎著馬扎，到聿懷樓門口通宵排隊。

所謂的入場券，是聿懷樓特製的荷包，荷包中放著一張刻著聿懷樓字樣的小木片。開售當日，百來份入場券，不到半個時辰便全部售罄！

沒買到的人到處求購，還有人想要走歪門邪道，私下訂製假的小木片，但錢掌櫃早已想好對策。

在錢掌櫃眼裡，既然聿懷樓來的客人都是達官顯貴，這首次廚藝競賽的門票自然要符合他們身分。這批售出的門票，木片均選用上好的檀木，在字體上也花了一番心思，當然，這門票的成本包含在預購入場券的價格裡。

聿懷樓的這次活動，也導致務城現在的官宦子弟見面第一句話就是──「你可有聿懷樓的入場券？」

顧中凱也不例外，發售當日，便風風火火的往寬陽侯府跑，來到江出雲院子裡。對方正在書房拿著話本悠然自得的讀著，顧中凱劈頭蓋臉就喊著。「你搞到了嗎？聿懷樓的那個什麼入場券？」

江出雲依舊動也沒動，只是指著遠處茶几上放著的兩個小荷包。

顧中凱拿起細細端詳一番。「真有你的啊！外面都鬧翻了，怎麼？你也讓小廝排了徹夜？」

「後門。」

「什麼後門？」

「錢掌櫃。」

「你是說……你直接從錢掌櫃那裡拿到的？」

江出雲點點頭，他聽到這件事情的時候，人剛好就在聿懷樓，便去找了錢掌櫃。錢掌櫃一開始說什麼也不肯通融。江出雲也不急，錢掌櫃走到哪兒他跟到哪兒，就跟在他身後不說話。

錢掌櫃看自己去茅廁，江出雲也打算跟著去，實在是被盯得忍無可忍，這才鬆口給江出雲一個名額。

但江出雲一開口就是兩個，錢掌櫃念在江出雲一個月裡有十多天到聿懷樓，實在是太常見，要是不通融，之後江出雲不來了怎麼辦？就算江出雲肯再來聿懷樓，他這個當掌櫃的面子上也過不去啊。只好提前賣出兩份，再三懇請江出雲不要透露出去。

「真的和老何女兒料想的一樣。」錢掌櫃嘟囔。

「什麼？」

「沒什麼，沒什麼。」

「你說的，莫不是廚房何師傅的女兒？」江出雲追問。

「啊……這個……」錢掌櫃似乎不想多說。

「但說無妨。」

錢掌櫃想了想，覺得江出雲不是愛與人道長短的人，而且何間也只是囑咐他不要將何葉策劃的事情告訴昱王，告訴江出雲應該問題不大，便將事情的前因後果和盤托出。

江出雲聽完也沒什麼表示，只是叮囑錢掌櫃不要再往外說了。

錢掌櫃看著江出雲離開的背影撓了撓頭，想著若不是對方追問，估計他也不會說。

# 第七章

正月二十九，正月裡的最後一天，聿懷樓的廚藝競賽如火如荼的展開了。

廚藝競賽採取現場報名的形式，避免先傳出關於參賽者的風聲，力求公平公正。

雖是比賽，但聿懷樓就當作一場百人的宴席來操辦，畢竟參賽者做出來的菜也不夠百名來賓享用。

因此，何間這兩天忙得腳不沾地。比賽當天天還沒亮，就趕著去聿懷樓督促準備工作，以免影響比賽的正式開始。

何葉存著要去參加比賽的心思，擔心會漏聽何間出門的響動，一夜淺眠。

一聽到何間出門的動靜，何葉一骨碌爬了起來，搽了比膚色深的粉，拿著準備好的泥水往臉上點雀斑，故意將原本細長的眉形畫得粗黑。

趁著福姨還沒起床，何葉偷偷溜到何田的房間，讓何田借衣服給她。

被何葉搖醒的何田，一看來人，嚇得就要驚聲尖叫，好在何葉眼明手快，一把捂住何田的嘴，這才沒吵到福姨。

「噓！是我，何葉。」

「妳？妳要嚇死我了！」何田還是一副驚魂未定的樣子。

「我來找你拿衣服。」十五歲的何田身高還比何葉高上一些。

何田邊翻衣服邊嘮叨。「妳，妳真的要去啊，妳去了說不定爹會發火的。而且福姨看到妳不見了也會著急的。」

「你就按約定的說我去找付嫣嫣就行了，福姨不會去付家的。」何葉接過何田手中的粗布衣服，打算回房間換。

「姊！」何田突然看到了何葉脖子上的胎記，但想起不能吵著福姨，又降低了音量。「姊，妳脖子上的胎記也記得遮一遮。」

「好，謝了啊，弟弟。」

等到何葉來到了聿懷樓前門的時候，已經是人山人海，除了拿著入場木牌進樓裡的，還有不少圍觀的群眾，有來看熱鬧的，也有來看是不是能夠撿漏混進去的。

到了後門報名的地方，也已經來了十來個廚師，男女皆是粗布衣服打扮，身材也是高矮胖瘦應有盡有，三三兩兩的聚在一起，有人身上揹著專門裝菜刀的皮袋，也有人手裡提著布包，看不出裡面裝的什麼。

何葉環顧一圈，看到站在角落裡的小廉，在一眾成年人裡格外顯眼。

何葉挪到小廉身邊，用裝出來的嗓音粗聲粗氣的說：「小夥子，你也來參加？」

小廉似乎沒有想到會有人來跟自己搭話，轉身盯著何葉看了一會兒，點了點頭。

「嗯。」

「你這麼小就來參加比賽啊？」何葉努力裝出一副不認識他的樣子，其實是想試探看小廉能不能認出她。

小廉仔細盯著何葉看了許久，突然悄悄湊近何葉輕聲說：「姊姊？何葉姊姊？」

何葉沒料到這麼快就被認出來，看了看周圍的人沒有人注意這邊，拉著小廉問：「你怎麼認出來的？我都畫了一臉麻子了，還是一眼就能看出來嗎？」

明明剛才何田看到她，就一副大清早見了鬼的樣子。

想何葉在前世看電視劇的時候，也一直吐槽女扮男裝怎麼會看不出來，但輪到她自己，這麼快就被人認出來，讓她多少對現在的偽裝產生懷疑。小廉都這麼快認出來，那朝夕相處了十多年的何間豈不是一眼就能識破。

小廉伸手指了指他的喉結，意思是他有，何葉沒有。

「何葉姊，妳是不是瞞著何師傅來的？不然也不用穿成這樣。」

何葉點了點頭，不得不說她打扮成這樣的目的還真是很好猜。

「其實，姊，妳不來跟我搭話，我未必能認得出來，妳的聲音一聽就像裝出來的。」

聽完小廉的話，何葉也不知道應該是寬慰自己化妝的技術好，還是遺憾她的偽裝水準不夠到位。何葉原本想問小廉，他來參加比賽，她爹有沒有說什麼，但轉念一想，有可能是何間鼓勵小廉來的，畢竟這次的比賽沒有任何限制，唯一要衡量的標準就是廚藝。

沒多久，錢掌櫃就從後門出來，敲著鑼將今天要參賽的廚師聚集到一起。小廝先給每個人都發了數字號牌，來的廚師一共就十二個人。何葉領到六號，小廉領到了九號。

接著錢掌櫃開始宣佈比賽規則，每個廚師都有對應的灶臺，比賽中間不得求助，從生火開始都要自行完成，比賽過程中，參賽選手之間不得交談。

比賽正式開始之後，聿懷樓原來的師傅會在一旁評比，而今日的賓客也會有部分前來參觀，由何間等廚師和賓客共同決定中午晉級的五位，而晚上第二輪的創意比賽最終將選出三位勝出。

錢掌櫃問眾人是否還有其他問題，可以現在提出，如果有不滿，也可以現在退賽，來參賽的人互相看了看彼此，都表示沒有異議。

錢掌櫃請各位參賽者入場，第一輪比賽的題目將在所有廚師到位之後公佈。

廚師們魚貫而入，來到屬於自己的灶臺邊，何葉站在第二排，還是一眼就看見站在前方的何間，何葉特意不低下頭，直視何間的目光。何間的目光只是對入場的廚師一掃而過，沒有注意到何葉也身處其中。

等到所有人都站定了，錢掌櫃開始宣佈第一輪的比賽題目。

原本何葉的提議是所有人都做同一道菜，但在錢掌櫃、何間和聿懷樓其他廚師再三商議後，決定採取指定一項主要食材，其餘讓廚師們自行發揮，自行取用聿懷樓提供的食材，規定時間是一個時辰。

原本站在一旁的何間站了出來，宣佈了第一輪比賽的主食材——豆腐。

錢掌櫃一旁示意小廝往每個人的灶臺送上豆腐，何葉一看，是一塊嫩豆腐。這個時候，有參賽者提出既然是豆腐，是不是能由他們選擇用什麼類型的豆腐，那人說想要用凍豆腐，毫無疑問，被何間無情的駁回。

「比賽現在正式開始！」隨著錢掌櫃敲響了一旁的鑼，不少人都已經衝了出去，搶著到一旁的木架上挑選食材。

而何葉站在原地沈思，她腦子裡飄過無數種關於豆腐的做法，首先想到的便是一清二白的蔥拌豆腐，但這麼簡單的一道菜，沒有多餘的發揮空間。

在大酒樓裡為了保留豆腐的原味，最常見的做法便是同雞湯一道煮，讓雞湯的鮮味滲入豆腐之中，只不過一個時辰沒辦法把老母雞湯熬得足夠濃郁，讓豆腐完全入味。

想要出奇制勝，何葉腦中閃過了豆腐生巧克力的做法，前世的時候，有一次室友做了帶到寢室分著大家吃，何葉由於好奇，特地查了做法，不過這裡哪來巧克力？此外她腦中還飄過了炸豆腐、肉沫豆腐和麻婆豆腐，只不過這些菜都是以重口味掩蓋豆腐原本的豆腥氣。

何葉一邊想著，一邊踱步到木架子邊，看到食材已經被選得所剩無幾，只剩下一些水產品，如海參和鮑魚之類的昂貴食材。何葉再三思考之後，選擇了一小筐蝦，打算做個蝦滑釀豆腐。

回到自己灶臺的時候，何葉看到小廉選擇了海參和鮑魚。這兩樣食材鮮味濃郁，也像雞湯一樣，能夠增加豆腐的鮮味。

拿到蝦，首先就是去蝦頭，再開背去蝦線，將蝦肉一個一個剝出，用刀背剁碎，一系列動作流暢，一氣呵成。

在她專心處理手中食材的時候，開始有賓客往廚房來圍觀賽事。

這裡面自然少不了無比愛湊熱鬧的顧中凱，硬是將江出雲拉過來。來得還算早的兩個人，站在前排，就看到廚房一派煙燻霧繚的場景。有些來湊熱鬧的世家子弟和小姐還沒踏進廚房，就被味道嗆得回了包廂。

顧中凱看到何間在三排灶臺中間來回走動，似乎在看參賽的人處理食材的手法和選擇的用料。

「那人怎麼滿臉的麻子。」顧中凱的話引起了江出雲的注意。「我就是陳述一下事實，對他沒有偏見。」擔心江出雲誤解的顧中凱趕緊解釋。

江出雲往站在第二排的那個瘦小身影看去，那人正在用衣袖擦著臉上的汗，似乎臉上的麻子少了點，江出雲看了看那人的樣子，似乎有幾分眼熟，再看何間走到那人身邊時，那人手上的動作明顯僵硬，頓時心下了然。

「那人你也認識。」江出雲對顧中凱說。

「你說誰？何師傅，我當然認識。」顧中凱順著江出雲的目光看去，後知後覺意識過來。「你說那個滿臉麻子的，我認識？」

江出雲點頭，顧中凱卻是絞盡腦汁也沒想出來。「這既不是你家的小廝，也不是我家的，我沒道理見過啊。」

在顧中凱還在猜測何葉身分的時候，何葉已經將豆腐切塊，在豆腐上挖好小洞，將加入蛋清攪拌過的蝦滑準備好。

何葉這段時間在家也算是將燒火的技術練得上手了，但還是被熏得嗆咳了幾聲。

將豆腐放入鍋中蒸熟時，何葉這才有空看著周圍的人，有人開始焦慮雞湯還沒有煮好該怎麼辦。

小廉則是在與鮑魚奮鬥。何葉想著，也是因為小廉整日跟在何間身邊，才有機會接觸這種昂貴食材的處理方法。
何葉看完周圍的廚師，將目光投向來客，正好和江出雲的目光對個正著。她慌亂的避開江出雲的眼神，但想著她現在扮成這樣，估計江出雲也認不出她，便又迎上江出雲的目光，卻發現江出雲已經把視線落在別的地方。
此時的何葉也沒有其他的想法，只是希望現在的火候能夠順利的將蝦滑蒸得軟嫩不老。
看了一下柴火，她開始準備待會兒要淋上蝦滑的醬汁。
先將剛才摘下來的蝦頭放在熱油裡煸出蝦油，再拿出一個小碗，倒入醬油、鹽和一點點糖攪拌融化，最後倒入滾燙的蝦油，料汁就完成了。
現在只差最後一步，將蒸熟的豆腐拿出來，倒掉多餘的水分，淋上醬汁，蝦釀豆腐就大功告成。
但這時候大家的目光都被站在第一排的一個彪形大漢所吸引，看著身上似乎是肌肉將衣服繃得緊緊，絲毫不影響他俐落的動作，筍片和皮蛋片得薄如蟬翼。
何葉不是沒有考慮過利用筍片來調味，只是想著現在寒冬並不是適合吃筍的季節，反而可能適得其反。
伴隨著錢掌櫃敲響銅鑼「噹——」的一聲，第一輪比賽宣告結束。

每個人都將剛才領到的牌子放到木盤上，由聿懷樓的跑堂統一拿到大堂，準備進行試吃。

待所有參賽者都到大堂，廚房又重新被聿懷樓原本的廚師掌控，開始準備正式的宴席。

何葉的蝦釀豆腐裝在長條白色瓷盤中，周圍還點綴了幾棵青菜來增添色彩。

小廉做了海鮮豆腐羹，深色的海參、鮑魚，和白色的豆腐相得益彰。而前方因華麗的刀工而受到矚目的大漢，則做了清湯煨豆腐，一整塊豆腐上面點綴著些許微黃的筍丁和烏黑的皮蛋碎末，看著清爽可口。

為了避免被廚師本人的形象等因素影響，並不揭露每道菜對應的廚師，希望賓客根據食物本身的味道來評判。

到了投票環節，每位賓客都有五次的投選權，不少人只是為了湊個熱鬧，未來將這件事情作為談資，對投選這件事並不熱衷，導致票數極其分散。

何葉一直緊張的看著她的蝦釀豆腐的票數，多少還是有個十來票，不久就到了顧中凱和江出雲投選，廳裡還起了一陣小小的騷動，似乎對兩人尤為關注。

「我還真是受歡迎。」顧中凱厚著臉皮對江出雲說。

「記得投六號。」江出雲對顧中凱的自誇充耳不聞。

「那我投了你就能告訴我他是誰嗎？」顧中凱原本都要將那個六號選手給忘記了。

「先投再說。」

江出雲和顧中凱都投給了何葉，江出雲將木牌放在蝦釀豆腐面前時，還意味深長的朝何葉站的地方看了一眼，看得何葉覺得她是不是暴露了。

顧中凱一投好票，就追著江出雲問個究竟，但卻被江出雲以先看結果給擋了回去，顧中凱也知道江出雲的性子，只能等對方自願告訴他。

投票過後，何葉、小廉還有彪形大漢和兩位大娘順利進入了第二輪。錢掌櫃宣佈現在是休息時間，聿懷樓將分發經費，讓五位選手解決午餐，並去集市購買晚上所需要的食材，在規定時間內回來報到即可。

「太好了，何葉姊姊，我成功了！」小廉找到何葉，想要一起出去吃飯，也因為比賽的成功，難得流露出孩子氣的一面。

何葉沒有忘記她現在還偽裝著的身分。「噓！」

「哥，你也好厲害！」小廉自從上次鳳梨宴，就覺得何葉似乎得到何師傅的真傳，也是隱藏的廚藝高手。

小廉知道自己能順利過關，其實是沾了高級食材的光，不像何葉和那個大漢忠於食材本味。

何葉打算和小廉去集市附近鋪子看看有什麼好吃的，一道粗獷的聲音從背後傳來。

「小兄弟，等一下。」

小廉回頭一看，正是那位大漢。「怎麼了？」

「不知道可否同行？」

小廉看了看何葉，何葉點了點頭，大漢隨即跟上了他們。一番介紹後，這才知道，大漢名叫姜不凡，是西南人氏，今日剛到務城，聽到聿懷樓有廚藝比賽，便趕來湊了這個熱鬧，實際上對務城的狀況一概不知。

小廉第一次接觸到西南人氏也是好奇，追著問了許多問題，主要是西南地區的氣候和飲食。姜不凡說西南主要以辛辣味道為主，只是務城人似乎更習慣清淡味道，這並不是他所擅長的。

何葉一聽便樂了，她來業朝這麼長時間還沒吃過辣的食物，還以為這個朝代沒有辣椒，原來只是不常見。她想，姜不凡來的地方或許就是她地理知識裡的巴蜀之地。

「這位小兄弟，沒有好奇的嗎？」姜不凡對何葉問道。

「啊？那姜大哥以前是做什麼的？」何葉倒是對姜不凡來務城的原因很好奇。

「以前也是廚子，看我身上這刀不就知道了？只是我每到一家酒樓，這酒樓不是有人鬧事就是倒閉了，我實在待不下去了，這才來都城闖蕩一番。」

何葉一聽，合著這姜不凡正如他名字一樣真的夠不凡的，或許說是運氣有夠不凡的，只是在古代，大概會被看做不祥之人。姜不凡能這麼毫無保留的說出來，大概心中對這件事情也不甚在意。

三人找了個餛飩攤坐下，各點了一碗薺菜肉餛飩，餛飩上桌的時候還撒了香菜和蔥花，冒著滾滾熱氣和鮮香。

何葉忙了一早上，肚子也餓了，只是接下來的對話令她食慾盡失。

「小兄弟，不對，應該稱妳小姑娘才是。」

何葉看著坐在她眼前的大漢，直接傻眼。「你……怎麼知道的？」

大漢一邊吸溜著餛飩，一邊說：「剛開始我看妳扭扭捏捏的，做事一點都不乾脆俐落，後來跟妳說話才發現妳不就是個姑娘嗎？臉上的痲子、眉毛也是畫的吧？」

何葉艱難的點了點頭，頓時覺得面前的餛飩索然無味。

「小姑娘，別放在心上，不是我誇，這路走多了，就什麼事情都見過了，像妳這樣的還道行太淺。」

姜不凡的說法引起了小廉的好奇。「姜大哥，你這一路上都發生了什麼事情，你跟我說說。」

「大多是江湖上的事情，什麼誰在追殺誰了，還有哪家又結仇的事情。」

何葉假意咳了兩聲，秉持著保護小廉未成年的幼小心靈，打斷了姜不凡繼續說下去的慾望。「那姜大哥，這一路上見過最稀奇的菜不知道是什麼？」

「見了一種叫鳳梨的東西，說是番邦來的，售價極高，可都沒有人買。」

小廉一聽就來了勁。「鳳梨嗎？這是何葉姊姊的拿手菜。」見何葉女孩子的身分已經暴露，小廉也不再繼續裝下去了。

「哦？」姜不凡也來了興趣，就聽小廉手舞足蹈的說著當初何葉跟著她爹做鳳梨炒飯和咕咾肉的過程。

「想不到姑娘竟是何間師傅的女兒。」

何葉笑著意圖搪塞過去，她可不能讓姜不凡認為她這樣打扮是為了讓何間瞞過眾人，給她多一點通融。

「何葉姊姊是瞞著何師傅來的。」小廉搶先說道。

姜不凡似乎對這些事情本來就不關心，也不想管何葉來參加這個比賽是否存在黑幕。

何葉見姜不凡對她的身分也不在意，趕緊拉著他們兩個前往集市，擔心去得晚了，只剩下不新鮮的食材。

三人一到市場就分開各自去尋找晚上需要的食材，約定了一個時辰後在市場口會合。

一道涼菜和一道熱菜，這就是晚上第二輪比賽的要求。

何葉在市場上轉著，打算挑新鮮的食材來買，沒多久她看到了水果攤上放著不少柳橙，便向攤主買來幾個。

想著要不去買點山藥，做個橙汁山藥，還可以捏成各種形狀，只可惜在這個朝代她還沒見過藍莓，不然藍莓山藥的組合就是第一選擇。

正當何葉打算去尋找鐵棍山藥的時候，就聽到顧中凱的聲音遠遠傳來。

覺得他們應該不會注意到自己，何葉有點步伐僵硬的從兩人旁邊走過去。

「前面那位小哥請留步！」哪知顧中凱的聲音從何葉背後響起，何葉決定充耳不聞，繼續向前走去。

沒想到顧中凱三步併作兩步，追上何葉，攔在她的前面。「小哥，留步。」

何葉覺得不暴露身分最好的做法就是裝聾作啞，用手指指了指顧中凱，又指了指自己，臉上還做出一副茫然的表情。

實則，何葉正在內心腹誹，不知道這世家公子什麼愛好，整天往市場裡鑽，她懷疑顧中凱是不是傳言中的表演型人格，整天像隻花孔雀般到處展現自己。

「我們不認識嗎？」顧中凱說道。

何葉立刻頭搖得跟波浪鼓似的，意思他們不認識，快讓她走了。

不遠處的江出雲終於不緊不慢的走了過來，顧中凱立刻轉頭對江出雲說：「這人不會說話。」

「不打擾何姑娘比賽，江某和顧某這就離開，期待何姑娘晚上的表現。」江出雲說完就轉身離開了，顧中凱看了看滿臉痲子的何葉，再看看江出雲，趕緊追了上去。

只剩下何葉石化在當場。

連只見了數面的江出雲都認出她，都到這個程度了，那何間豈不是更早就認出她，只是故意裝作不知道。合著所有人都看出來她是女的，那她不如不做這個偽裝！

# 第八章

何葉整理了下思緒，既然能夠順利進入到下一輪，證明她的廚藝多多少少都受到認可，現在最重要的就是選擇食材。

從廚藝的基本功上來說，她沒有勝算，若要出奇制勝，只能從創意料理和擺盤這方面入手。

若是要說古代絕對不會有的食物，何葉思來想去只有分子料理，可分子料理需要用到高科技設備，更別提她對這種料理的認知也只停留在網路上的圖片。

五花八門的食材陳列在地攤上，何葉腦海裡閃過的是無數主食的做法，看了看手裡籃子裡的柳丁，想著如果是吃蟹的季節，蟹釀橙應該是不錯的選擇。

看到地上的香菇等食材，她腦中萌生了用豆腐皮做福袋的想法，只是早上做豆腐，下午若還用同一樣食材，難免會顯得枯燥，但在沒有辦法取得其他食材的當下，也不失為一個好主意。

何葉採購了年糕，還買了些馬蘭頭和香菇，提前來到約定的地點，沒想到姜不凡已經到了。

「何姑娘，妳這買的雜七雜八的打算做什麼菜？」

何葉看著姜不凡的筐裡只有一隻雞和一把辣椒，想著他的食材倒是簡單。

「秘密，現在不能透露，等比賽的時候就知道了。」何葉故作高深的說道。

兩個人又東拉西扯了一會兒，小廉這才姍姍來遲，竹筐裡也堆滿了食材，收穫頗豐，一時也看不出打算做什麼菜。

三人回到聿懷樓，發現兩個大娘也已經回來了。錢掌櫃一看人都到齊了，就立刻讓他們在灶臺前排就位，廚房後半部分的灶臺，聿懷樓的廚子依舊在忙著晚上的宴席。

錢掌櫃也不多說，立刻鳴鑼開賽，五人瞬間就忙碌起來。姜不凡將一整隻雞一切為二，一半打算做涼拌雞絲，而另一半切成塊，做他的家鄉名菜辣子雞。

何葉正在給山藥去皮，上鍋蒸熟，再加橙汁搗成泥。

為了造型美觀，何葉將柳橙從頂端削蓋，挖出果肉，到時候將山藥泥放回去，再放上蓋子，依舊是完整的橙子形狀。

小廉毫不停歇的在刮魚鱗，似乎要做跟魚有關的料理。另外兩位參賽者也在處理食材，忙得不可開交。

何葉特地準備了各種餡料包進福袋裡，有馬蘭頭香乾餡的，有芹菜肉餡的，最特別的應該就是年糕餡，參考日系關東煮。不過這次她想保留食材的本味，不再另外添加醬汁，福袋用清爽的高湯氽熟，味道就由餡料決定。

鑼聲再一次響起，眾人都已經將所有的菜色擺盤裝好。

何葉的橙汁山藥，兩只橙盞並列放在正方形的瓷盤上，又另外點綴了幾片香菜作為裝飾；另一盤福袋各種口味分兩列，在碟子中碼得整整齊齊。

姜不凡的涼拌雞絲和辣子雞，一白一紅，看著就是清爽和火辣的交相輝映。

小廉則是將黃瓜雕成船的形狀，做了簡單的涼拌黃瓜絲，另一道則是糟溜魚片。

雖然說是創意菜，但只要沒在聿懷樓食單上出現過的均可參加比賽。因此兩位大娘拿出的是相對傳統的家常硬菜，一位是涼拌海蜇和糖醋排骨的搭配，另一位則是涼拌豆芽和芋頭燒鴨。

僅剩的五人，在評審環節自然是難分伯仲，票數相當，何葉的橙汁山藥因為造型可愛，收穫了一眾官家小姐的喜愛。

到了最終決定的時刻，錢掌櫃和何間似乎起了爭執，何間作為聿懷樓的掌勺師傅，自然有極高的話語權，甚至可以有一票否決權。

他們爭議的點是何葉的福袋，錢掌櫃認為豆腐皮裡放年糕是推陳出新，但何間則認為這有投機取巧的嫌疑。

另外，對小廉的分數二人也是猶豫不決，若是讓順利過關，他的身分之後是學徒還是能夠獨當一面的廚師？

兩人爭執不休，一時並無定論，引來今日也到場觀賽的昱王的傳喚。

「怎麼結果還沒出來？」昱王不耐煩的問道。

錢掌櫃將事情原由一一細秉給昱王，一旁的昱王妃聽完就說：「我覺得那個橙汁山藥和黃瓜船倒是靈巧，雖不見得新穎，但也是動了心思的。」

錢掌櫃一聽就趕快接話。「昱王妃所言極是。」

昱王也說：「我覺得王妃說得有理，何師傅可是有其他顧慮？」

「這……」何間咬了咬牙。「我實話相告，還請昱王和王妃不要怪罪。」

「何師傅，不用緊張，且說來與我們聽聽，也才好定奪。」昱王妃好言寬勸。

「王妃明察，實則是小女頑劣，女扮男裝來參加比賽，我也是在剛才第二輪的時候才認出她，原想叫停比賽，被錢掌櫃阻攔，說不妨看看她能走到哪一步。」何間停了一下，繼續說：「我不願讓聿懷樓蒙上徇私的名聲。」

昱王和王妃彼此對視了一眼，昱王妃開口說道：「何師傅的心情我理解，但既然令嫒能憑藉自己的本事走到這一步，不妨就依照實際評比錄取，只要不對外宣稱是何師傅的女兒便是，想必她今日女扮男裝也是為了圖方便，不想被知道身分。」

昱王妃想起當初還沒成婚的時候，也曾經女扮男裝偷偷溜出家，到戲園裡看戲，回去被父親發現，少不了一頓訓斥。後來她早早成了婚，被困在王府一方天地中，整天對著帳本，算著柴米油鹽的瑣碎。她雖然沒接觸過何葉，卻對何葉存了不少親近之意。

最後的結果在後廚公佈，姜不凡、小廉和何葉三人將成為聿懷樓的新成員，但這三人中間，只有姜不凡一人可以直接掌勺，並且以他為主導，聿懷樓會開發西南菜系的菜式。

何葉和小廉是由於創意新穎被錄取，但從刀工到相關的廚藝知識，仍是初學者的水準，需要在聿懷樓的後廚多加磨鍊。

聽完錢掌櫃的宣佈之後，姜不凡對結果一副了然於心的樣子，而小廉則顯得既興奮又有點失落，何葉也是喜形於色的樣子。

何葉還沒高興多久，就聽到何間叫她的名字。「何葉，妳給我過來！」

她只好老老實實蹭到了何間的身邊，悄悄喊了句。「爹。」

何間看了看她，深深嘆了口氣，從邊上的水缸，舀了一木盆的水。「先把臉洗乾淨。」

何葉依言，老老實實將臉洗得一乾二淨。本以為將會等來何間的怒火，卻不想何間只是輕輕嘆了口氣。「也沒想到妳真有這天分，既然有，那便好好學著吧。」

何葉沒料到何間竟然如此輕易就放過她，她震驚的看著父親。

何間也是想著剛才昱王妃的話，不妨讓她試試，或許有些事都是冥冥之中早已注定的。

「既然來了聿懷樓後廚，就不要喊苦喊累，什麼粗活重活都會有，別想著妳是我女兒我就會通融，等妳手上起繭子了，後悔都來不及。」何間看著何葉，意圖給她下最後通牒。「妳要是現在說不做還來得及。」

「不，多苦多累我都能接受。」何葉很是堅決，若是要想在業朝安身立命，自然一定得學會一技之長。

「既然妳這麼堅決，我也不再多說什麼，明天開始和我一起到聿懷樓報到，從最基本的學起。」

一聽這句話，何葉便知道何間是答應了。

在一旁的小廉，剛才看著何間少有的嚴肅樣子，也在替何葉擔心，一聽何葉明天就能來聿懷樓，頓時也喜上眉梢。「何葉姊姊，恭喜妳呀！」

何葉揉了揉小廉的頭髮。「那以後多關照。」

姜不凡也在一旁。「我也希望能在聿懷樓好好做事，能多待一點時間，還請何師傅多多指教。」

何葉想起姜不凡先前工作的地方都倒閉的事，似乎不能讓她爹知道，畢竟父親再開明也多少帶了點傳統的觀念。要是知道了，指不定又要出什麼么蛾子。

「我爹人可好了，說不定反過來還要向姜大哥請教。」何葉故意打岔。

何間瞪了何葉一眼，似乎嫌她多嘴，何葉也不在意，想著晚上的宴席還在繼續，她是不是應該為表誠意，現在就開始打下手。

「今天也都累了一天，不妨就早點回去吧，明日再上工便是。」

何間這話一說，小廉頓時歡天喜地，打算回家和弟弟妹妹分享好消息。

姜不凡似乎有點猶豫。「這附近有客棧推薦嗎？」

何葉這才反應過來，姜不凡才來務城，連個落腳的地方也沒有。

「這樣吧，你和何葉一起等我，我待會兒給你找個住處。」何間一聽原由便如此說。

何葉想著何間也是心大，對姜不凡的底細不算瞭解，就敢給他安排住處，莫不是要帶回家裡跟何田擠在一處。

在何間做完今天的收尾工作，打算提前一點回家的時候，正巧遇上來找何間的江出雲和顧中凱。

「何師傅！」顧中凱一如既往的開朗地打著招呼。

「顧公子和江公子怎麼來了？」

「這不有事找何師傅嗎？」顧中凱依舊沒心沒肺的樣子。

「叨擾何師傅，不知道錢掌櫃是否與您說了，三月十二那日請您過府燒菜。」江出雲對何間說。

「知道，老太太的全素宴。」

「還有些事……」

一旁的顧中凱在江出雲和何間確認老太太壽宴的同時，盯著一旁的何葉看了又看，打趣道：「何姑娘，妳今天的裝扮真是令我耳目一新。」

輪到何葉尷尬，今天為了掩蓋身分，還裝傻不認識顧中凱，沒想到還是被逮個正著。

好在何間和江出雲很快就結束了對話，何間帶著何葉和姜不凡離去。

顧中凱看著何葉離開的背影，感慨道：「看樣子只有我認不出何姑娘啊！」

「是。」

江出雲毫不留情的往好友的心上又補了一刀。

果然如何葉所料想的，何間以與姜不凡探討新菜色為由，把姜不凡帶回了家，聲稱姜不凡在務城找到住處前，都可以先住在何家。

何田聽到姊姊能去聿懷樓當廚，則是樂開了花，說家裡一下有四個廚子，他只要負責吃就行了。

毫無疑問，何田說話之前從來沒有考慮過他後腦勺的感受，又和何間的巴掌來了次親密接觸。

福姨知道何葉要去聿懷樓工作，嘮叨個不停，說何葉身在福中不知福，非要出去拋頭露面。

何葉知道福姨日常的嘮叨是好心，但還是藉著何田去找宋懷誠的間隙，一起溜出家門。

本想著去市集上轉一圈的何葉，結果還是被弟弟拖到宋懷誠家中。何田向宋懷誠提問的時候，何葉隨意找了張板凳坐著。

想著這幾日在聿懷樓的工作，只能說何間當初所言不虛，聿懷樓的廚子比現代的打工可苦多了，簡直就是免費勞動力，但好歹包了一日三餐。

要揀菜、洗菜、處理食材，總而言之，就是有著做不完的活等著何葉。

光是切菜這一項，就讓她頭疼不已，為了練習刀工，往往都是一木桶的黃瓜一起切，黃瓜在砧板上堆得像小山一樣。到後來，何葉都懷疑自己的手不是身體一部分了。

其中最痛苦的莫過於切洋蔥的時候，何葉總是一邊流淚一邊切。還要被路過的何間批評兩句，路過的姜不凡也是看著何葉手上的刀工，丟下一句繼續努力，而小廉已經不用做這些枯燥的工作，只幫著何間調節火候、辨別輔料。

只有何葉還一個人在日復一日的做著苦工。

冷冷的月光灑在何葉身上，耳邊晦澀難懂的文言文不斷傳進何葉的耳中，一天勞動的疲乏湧上了身體，她支著手撐著頭腦，昏昏欲睡。

宋懷誠看到何葉在一旁，頭一點一點的往下掉，驟然降低音量。

何田看看他毫無芥蒂開始打瞌睡的姊姊，再看看宋懷誠認真講解的樣子，突然福至心靈，低聲問：「宋大哥，你是不是喜歡我姊姊？」

宋懷誠皺了皺眉，對著何田說：「剛才跟你講的內容怎麼都不聽，專心致志這麼簡單的事都做不到嗎？」

何田吐了吐舌，想著其實是宋大哥先開小差的，以他對宋懷誠的瞭解，知道宋懷誠的學究氣又上來了，趕緊解釋道：「沒有，剛才講的我都記著，就是說君子心懷天下，小人就一天到晚背地裡搞小動作。」

「大丈夫立於世，最重要的就是考取功名，沒有時間去考慮兒女情長的事情。」宋懷誠正色道。

「都說成家立業，要先成家才能立業。」何田輕聲說著他的歪理。

「專心，繼續下面的內容。」何田被宋懷誠輕拍了下後腦勺，聽到宋懷誠的告誡，這才堪堪回神，卻沒有注意到對方在被自己問到是否喜歡的時候，早已紅透的耳根。

也不知道過了多久，何葉才被何田給晃醒，迷迷糊糊的回到家，倒在床上就進入夢鄉，迷糊間還被福姨拉起來洗了把臉，不多時又回去見了周公。

經過一個月的時間，何葉終於不用再每天和塊狀和絲狀的根莖類蔬果打交道，但還是學習不止，從作料、火候到上菜順序，聿懷樓都有自己的一套的規則。

何葉一邊洗碗，一邊嘴裡唸唸有詞。「上菜之法，鹽者宜先，淡者宜後……」彷彿當初考試前背書的時光。

姜不凡因著何間的幫忙，在知巷找到一間屋子住了下來，正式和何家成為鄰居，對宋懷誠而言，他也多了個飯搭子。

姜不凡喬遷當天，親自下廚，邀請何家眾人和宋懷誠到家裡吃飯，說是感謝大家的照顧，並讓他們感受一下正宗的家鄉菜。

何間一聽有新的菜式，從地窖裡搬了一大罈黃酒，讓何田幫他搬到姜不凡家中去，說要與姜不凡徹夜長談。

宋懷誠則是除了書也沒有其他拿得出手的，原本想著給姜不凡家裡也補上一副春聯，只是過了春節，鋪子裡不再賣紅紙，這才作罷。轉而去書肆買了本說是失傳很久的菜譜。

姜不凡將眾人帶來的禮物一一收下。

當天一桌菜都是紅彤彤的，麻婆豆腐、回鍋肉和毛血旺，看得何葉悄悄在嚥口水。所有人都依序落坐，說些恭賀喬遷之喜的吉利話。開席後何葉立刻動了筷子，挾了一塊毛肚，沾滿辣油的毛肚，配著椒麻的味道，在唇齒間散開。

宋懷誠看何葉一臉滿足的樣子，也不好意思開口問這道菜裡面都是什麼食材，他硬著頭皮挾起一塊毛肚。剛放到嘴裡，就開始猛烈的倒吸涼氣，不雅的吐了出來。「姜兄，我尋思平時未曾得罪於你，你為何要如此招待客人。」

聽到宋懷誠的質問，姜不凡和何間都哈哈大笑，只有何葉趁著眾人還在打趣宋懷誠的時候筷子不停，品嚐著許久未吃到的滋味。

「這是辣椒，小宋沒吃過吧？」何間笑著說。

「何叔，這真的能吃？」

「能吃！怎麼不能吃？我們家鄉可是從小吃這個長大的。」姜不凡一臉真誠。「而且這道毛血旺就是要這種邊角料，攤子上不要的毛肚、鴨腸這類的東西才好吃。」

「小宋，你多吃兩口就習慣了，你看何葉吃得多香。」

何葉一心只顧著吃，只能敷衍的回答。「嗯嗯，可好吃了。」

宋懷誠看了看碗裡的毛肚，猶豫再三，再次下定決心，這次就沒有上次的刺激感，慢慢感受到了一股香氣，但隨即辣味強烈衝擊著他的味蕾，只能拿著杯子瘋狂灌水。

姜不凡看宋懷誠實在是受不了辛辣的口感，這才動手給他炒了個蛋炒飯。

在姜不凡和何間推杯換盞的間隙，無暇顧及他們的時候，宋懷誠悄悄問：「何姑娘，妳不覺得辣嗎？」

何葉搖搖頭。「你真的不再試試？」

「不了，知難而退也是一種美德。」

何葉內心還是為宋懷誠不能吃辣感到惋惜，畢竟從她的角度來看，不能吃辣就是錯過了人間美味。

事實再一次證明，只要一喝酒，何間就停不下來，這兩人喝上了頭，要拉著宋懷誠一起喝，宋懷誠本人一再拒絕，而何葉有了大年夜的前車之鑒，說什麼也要阻止何間讓宋懷誠喝太多酒，不然他們幾人也不見得能把何間和宋懷誠扶回去。

但兩個人怎麼都勸不住，何間喝得比上次還多，姜不凡也喝了不少，由何田和福姨留下負責照顧姜不凡。

何間連路都走不穩，簡直就像一攤泥一樣掛在宋懷誠肩上，宋懷誠長年坐在書桌前不運動，自然也架不住何間。宋懷誠稍微拉開何間調整一下姿勢，對方就東倒西歪，站在巷子裡就要往牆上靠，何葉連忙硬拉一把，防止何間跌倒。

宋懷誠好不容易才將何間弄回房間裡，累得冬日裡額頭上也布滿細密的汗珠，在白皙的皮膚上顯得整個人十分羸弱。

何葉給何間洗了把臉，看到宋懷誠還在院子裡沒有走。

「宋大哥，喝杯茶再走吧。」

「好。」

宋懷誠捧著茶杯，看著何葉。「聽聞最近妳在聿懷樓學廚。」

「嗯，還挺好的，學到了很多東西。」

「可是，妳不覺得安靜在家裡學習女紅、準備嫁妝也很好嗎？」

何葉一聽，就知道來到古代遲早要遇到這種問題。「你相信有一個世界，是人人平等的嗎？女子也可以考科舉，做官，成為每行每業的人才。」

「聞所未聞。」宋懷誠認真的思考。「似乎不太可能，男女無論是在體格還是體力上都有一定差距，女子參加科舉多日，關在狹小的房間可能多有不便。」

何葉知道要轉換宋懷誠這種陳舊的想法，一時半會兒也有些困難。「不是有江湖人士嗎，江湖女子不就是恣意灑脫？」

「非也，江湖人士說不拘小節，實際早把禮字拋到九霄雲外。」

話說到這裡，何葉知道她今天費再多的口舌，也和宋懷誠講不清楚現代的觀念，畢竟宋懷誠讀著聖賢書長大，腦子裡刻的就是三綱五常。

宋懷誠似乎看出了何葉的些許異樣，想著自己是不是說了什麼話惹何葉不悅。

「不送了。」何葉似笑非笑，把宋懷誠關在門外。

何葉其實和宋懷誠一樣，都是無父無母，一個人。宋懷誠需要依靠科舉入世，何葉也需要一技之長傍身。

只不過何葉到了業朝，有了爹、弟弟和福姨，這才收穫了一點溫暖，可她依舊希望能夠依靠自身的努力，讓何間和何田過上好日子，也能夠賺點錢來貼補家用。

# 第九章

轉眼便是三月，草長鶯飛的三月天，並沒有帶來春天的暖意，依舊是春寒料峭。

寬陽侯府已經熱熱鬧鬧的準備起了江老夫人的七十大壽，府裡上上下下都在為即將到來的大日子不停的忙碌。

這一日，何間帶著何葉到寬陽侯府上門拜訪，為的便是敲定壽宴當日的食單。

何間自是有擬好的宴席食單，只是江老夫人素來都在生辰當天茹素，便須重新商定，由江老夫人親自試菜。

何間操辦的酒席，並不會每回都讓試菜，寬陽侯府自然是特例。

本來試菜也輪不到何葉陪同，只是聿懷樓因當初比賽的影響，人氣暴漲，有不少人衝著姜不凡的辣菜光顧，聿懷樓門庭若市，忙不過來，這才把小廉留在酒樓裡打下手。

何葉和何間從寬陽侯府後門進去，經過了重重迴廊和山水造景才到了後廚，何葉看到遠處建的亭子，內心默默感嘆彷彿到了某個旅遊景點。

何間需要的食材事前已同江出雲溝通好，廚房也早準備妥當。

提到素宴，食材主要就是菌菇、豆腐和各式的果蔬。根據食單，除了江老夫人慣吃的，需要試菜的是聿懷樓新推出的一些菜式。

像是何葉那日參賽做的福袋，原是用油豆腐做外皮，被何間改成用薄薄的千張，裡面的餡料不放肉，但也有很多變化，有豆腐、菌菇的混合，年糕也保留下來，口感和口味都兼顧。

何葉今天的工作就是負責備菜，將每一道菜的材料都提前準備好，由何間掌勺。

在何間和何葉忙得熱火朝天的時候，江出雲特地派人前來詢問是否有需要協助的地方，都被何間給打發了。

寬陽侯府前廳，江出雲和周婉陪著江老夫人正等著開席。

「何師傅已經來了？」江老夫人問。

「是，已經在後廚忙著了。」江出雲回答道。

「聽說這次來了個新人？」周婉好奇的打聽。

「是。」

周婉想從江出雲嘴裡多探聽點消息，但一時忘了她兒子說話向來言簡意賅，只能繼續追問道：「這新人可是當初聿懷樓那個比賽裡出來的年輕姑娘？聽說還是何師傅的女兒。」

一聽到是何師傅的女兒，原本對此不甚關心的江老夫人也來了興趣。「雲兒，這是怎麼回事啊？」

在二人的追問下，江出雲只能將當日一事詳盡講來。

「不愧是何師傅的女兒。」周婉點頭道：「那這橙汁山藥這次可在食單中？」

「是。」江出雲突然想到了那天何葉的偽裝，妝容十分誇張。那姑娘考慮到變裝，卻不知扮醜只會更引起他人關注，嘴角勾起了一抹淺笑。

原本何葉進入聿懷樓之後，打算繼續女扮男裝，想著這樣才行事方便，卻沒想到遭到家裡的一致反對。何間說姑娘就要有姑娘的樣子，而何田也說姊姊就應該穿裙子，還搬出隔壁付嫣嫣送豆腐的裝扮來壓她。福姨也說家裡沒有適合她的男裝，若是要重新訂製，少不了花上許多銀子，因此何葉也只能作罷。

到寬陽侯府的前一日，何間特地讓何葉找出連過年都捨不得讓她穿的青綠色竹葉繡花襖，搭配同款的白色繡花裙，雖然何葉覺得這個顏色並不好看，總感覺很像蔥青蔥白交接處的顏色，顯得有些老氣。

但她想起被眾人圍著嘮叨著，給她的穿著出主意的樣子，心中備感溫暖。

福姨甚至一早就衝到她房間，給她綰了個髻，兩個丸子頭顯得整個人活潑不少。

何間還在廚上鍋鏟不停，何葉則在一旁幫著遞調料，一邊仔細觀摩著。

最後一道菜是用芋頭，仿葷菜用紅燒的方式調色調味。完成後，便讓小廝將六道菜全部端到廳堂，供江老夫人品嚐。

菜一到前廳，江出雲便向周婉和江老夫人告退。「娘、奶奶，妳們這邊先吃。」

江老夫人一聽，以為江出雲不喜素菜，又要出去吃飯，正要開口，被周婉搶先一步。「你去吧。」

「妳怎麼放他走了？」江老夫人不滿的說：「他請回來的師傅，他怎麼也不嚐嚐味道？」

「娘，他不是去別的地方，我早上聽雲兒吩咐下人，讓府裡廚子燒了一桌菜給何師傅。應該是這麼長時間以來一直去聿懷樓吃飯，受了何師傅的照拂，趁此機會聊表謝意。」

「也是，這些菜都是雲兒平時常吃的，定是不差。」江老夫人這才心滿意足的動了筷子。「難為他想得周到。」

府裡的下人將何間和何葉往江出雲院子裡帶，何間似乎也沒料到有這待遇。

江出雲的院子倒是雅緻，見到江出雲的時候，何間也是誠惶誠恐。「江公子，這……」

江出雲只是伸手讓何間和何葉落坐。

和江出雲接觸下來，何葉發覺他和顧中凱都沒有世家公子那股子高傲看不起人的態度，反倒平易近人，待人接物卻又體現著良好的教養。

何葉倒是想坐下，但是顧忌著何間，只把眼神飄向桌上的佳餚，獅子頭、炒鱔絲、清炒蓬蒿菜，還有一小鍋泛著油光的雞湯，和一小碟四喜餃子。

看著雖然都是家常菜，但是這些菜也費功夫，自從來了古代，何葉就開始懷念起壓力鍋的好處，現在光是燉雞湯，就要在爐子旁守上兩、三個時辰。

鮮豔多彩的四喜餃子也有特定的手法，不像平常的餃子皮，餡一塞，對摺便可。麵皮摺成花狀，四個孔洞放上胡蘿蔔、黑木耳、菠菜、雞蛋，或者各隨喜好放入食材，最後上鍋蒸熟。

「長時間來多受何師傅照顧，還請何師傅給江某這個薄面。」江出雲出聲說。

何間這才猶豫著坐了下來。

「何師傅，不妨嚐嚐寬陽侯府的手藝。」

何葉想著其實不用嚐也知道，這幾道菜必定不會差，江出雲整日在聿懷樓，他的口味應該也被養得格外挑剔。正如何葉所料，寬陽侯府上的廚子是江老夫人為了留著她的寶貝孫子在府裡吃飯，重金聘請回來的。

何間見另外兩個人都動了筷子，這才挾了個獅子頭到碗裡，獅子頭是精肉和肥肉混合，入口鬆軟，肉質爽滑，調味也恰到好處。

江出雲拿起旁邊的酒盅，倒了三杯。「此乃櫻桃酒，去年夏天泡製，何師傅既是愛酒之人，不妨試試。」

何葉暗嘆，不愧是世家公子，連喝酒都如此風雅。同時也看出何間的猶豫，畢竟現在還在工作，待會兒還須到江老夫人跟前確定食單，喝酒總有怠忽職守的嫌疑。

「何師傅不必多慮，奶奶那邊我自有交代。」

聽著江出雲這麼說，何間藏起來的那點酒癮又冒了出來，將杯子裡的果酒一飲而盡。

何葉正對著鱔絲大快朵頤，雖然她愛吃鱔絲，但平時在聿懷樓看到這滑溜溜的生物，若是讓她處理，她也十分頭痛，殺雞剖鴨這些工作她得心應手，但對鱔絲和泥鰍還是退避三舍。

何葉邊吃，邊感覺有人在拉她袖子，她轉過頭，只見何間朝她使了個眼色。她嚇得趕緊檢查是不是把醬汁沾到身上了，但何間似乎不是這個意思，只是想讓她收斂點。

江出雲將父女倆的小動作盡收眼底，覺得何葉倒是瀟灑，一點也沒有女孩子家的扭捏作態。

他看出了何間的拘束，又敬了何間兩回，許是酒精的效果上來了，話才漸漸多了起來。

話頭一轉，何間開始數落起家裡的一雙兒女，先是說何田不懂事，讀書不行，順帶誇了誇住在巷尾的宋懷誠。

江出雲只是靜靜聽著何間發牢騷，只有提到宋懷誠的時候，江出雲才接了兩句。

何葉倒是想讓何間不要繼續說下去，畢竟家醜不可外揚，但何間絲毫未覺，當著何葉的面就開始數落她的不是。

「這孩子這手藝也不知道像誰，還有這倔脾氣。」

「這不是像爹您嗎？」何葉立刻反駁，想著何間也沒有喝幾杯，看樣子也清醒，怎麼就開始說起胡話來。

何間也自覺失言，無奈道：「哎，隨便妳吧。妳開心就行。」

「我倒覺得何姑娘勇氣可嘉。」

「江公子，你也別為她說話了，只會助長這丫頭的氣焰。」何葉聽了這話，悄悄瞪了何間一眼。

這時候，前面傳來消息，說是江老夫人已經用餐完畢，若是江出雲這兒也結束了，就請何間過去。

何間看看吃得差不多，打算將何葉留下，他自個兒去前廳聽聽江老夫人的想法。但江出雲表示老夫人對何葉也好奇得緊，何葉只好一同前去。

江老夫人坐在客廳裡，看著遠處走來的身影。

江出雲一身暗紅色的圓領袍，倒和一旁的淺綠色襖裙相映成趣。

看著何葉，覺得對方落落大方。當年江徵傑還沒有成為寬陽侯時，他們家也不過是生活在市井之中，大多見的都是小家子氣的姑娘，整天為了市場幾個銅板的價格高聲爭執。加官封爵後，見的又多是扭捏作態的官家千金。

這何家的姑娘倒是養得不錯，江老夫人心裡默默讚許。

「老夫人、江夫人。」何間依次向廳堂上的兩人問好，何葉也學著樣向兩人行禮。

「何師傅，這可就是令嬡？」江老夫人細細打量何葉，這姑娘長得清秀，神采照人，如果可行，把對方挖到寬陽侯府來當個廚娘似乎也是不錯的選擇。

「是，正是小女何葉。」

「聽說何姑娘一手菜也是燒得極好。」最近不少夫人間的談資便是聿懷樓當日的比賽，使得周婉也甚是好奇。今日見到何葉才發現這姑娘看著倒是清爽，雖不像世家小姐那般進退有方，但也別有一番韻味。

「是江夫人抬愛了，小女不才，在廚藝方面只是略通一二。」

「何師傅不必謙虛，我也只是說個事實。何姑娘認為呢？」

本想全權交給父親應對的何葉不料還是被點到名，連聲說：「是夫人謬讚了，何葉愧不敢當，還有許多需要向父親學習的地方。」

何葉說完，安靜的低頭站著，實際上則暗中打量著寬陽侯府的大廳。

居中掛著一幅大型山水畫，兩旁掛著類似家訓一樣的木質對聯，旁邊的茶几上放著青花瓷瓶，內裡擺著幾根枯枝，許是從院子裡就近折下來的。看來有錢人家的裝飾，果然和前世景區看到的都差不多。

在何葉聽來，何間和周婉彼此商業互吹了一番，才進入敲定食單的環節，這中間也沒有什麼歧異，菜式都已經底定，唯一要改的是飯後糕點，老夫人最後選擇了消食的山楂糕。

原本茶水和酒品包含在聿懷樓的食單上，但為了照應賓客口味各不相同，決定由侯府方面自行準備。

「不知道何師傅準備何時過府？我們也好吩咐管家提前準備客房。」到了最後，周婉開口問道。

「三月十日，不知可否方便？」

何葉這才反應過來，這次江老夫人的壽宴，要從中午辦到晚上，因此需要大量的準備工作，除了要嚴格把關食材，何間也需要提前熟悉灶臺的位置。

「自然是方便的。」周婉說道。「聽說何師傅這次壽宴之後，將休息一段時間？」何葉轉頭看向何間，她整日和何間同進同出，也沒聽他提過。

「是，沒想到消息都傳得這麼快了。」何間無奈解釋。「太久沒休息了，有點力不從心，打算休息一段時間，陪陪犬子，順便靜下心來研究新菜式。」

何間主要的原因，是為了監督何田的學業，現在何葉也在聿懷樓工作，沒有人管束的何田，常常趁福姨不注意溜出去胡鬧。

「那豈不是許久都嚐不到何師傅的手藝了。」江老夫人不無遺憾的說。

「若是江老夫人想念何某的手藝，何某必定前來為老夫人燒菜。」

「好好好，那到時候還要麻煩何師傅了。」江老夫人一聽這話，頓時臉笑成了一朵花。

又一番寒暄結束之後，江出雲這才將何間和何葉送出府，門口有著寬陽侯府標誌的馬車已經等在那兒。

何間一看這馬車，連忙推託道：「江公子，這使不得！」

江出雲臉上依舊淡淡的，看不出表情。「這是老夫人的意思。」

何間似是左右為難，何葉倒是挺想試一下坐馬車的感受，但她也知道得按照禮數來，只能繼續在旁邊充當木樁子。

何間知道若是他不上車，今日恐怕就會和江出雲僵持在這寬陽侯府門前。

「我送二位。」江出雲話音一落，旁邊的小廝立刻搬來凳子，讓何間上車。

何葉第二個上車，上臺階的時候一時忘了將裙襬提起來，腳踩在裙沿上，一下子失去平衡，整個人眼看著就要往前栽下去。

江出雲眼疾手快的一把拉住了何葉，何葉這才倖免於難。

何葉慶幸江出雲動作快拉住了她，不然她就要在赫赫有名的寬陽侯府門口出醜了，她轉頭對江出雲說：「謝謝。」

「當心。」

何葉這才撩起布簾，上了馬車，對剛才的事情還心有餘悸。

在回聿懷樓的路上，江出雲許是擔心何間不自在，一上車就閉眼假寐。何間上了年紀，累了大半天，也閉眼休息。

只有何葉坐在馬車上，悄悄撩起簾子朝窗外望去，試圖欣賞另一個角度的風景。

何葉看了一會兒，馬車就是在街市行走，沒什麼景緻可看，不少人看到馬車還會多看幾眼，看是哪家貴人出行。

她覺得無趣，轉頭就看見坐在她對面的江出雲，這才發現他的樣貌極好。若說顧中凱濃眉大眼，是極具辨識度的帥氣，那江出雲則是內斂含光，乍一看不會覺得驚豔，但十分順眼，看久了就不自覺的讓人想一探究竟。

許是何葉的打量太過直接，江出雲一睜眼就和她的目光對個正著，何葉突然想起了大年夜那天，倒映在江出雲眼中的煙花。

絢爛過後的黑暗，這就是江出雲給她的感覺。

按道理來說，江出雲出身侯府，看剛才的樣子，家中長輩也是疼愛有加，傳言說他是紈袴，但看樣子紈袴更像是他身邊的顧中凱。

侯府中哪怕有江出硯這個庶子，只憑藉江老夫人對江出雲的喜愛，也不至於威脅到他的地位。

何葉想了一圈，覺得自己的腦子果然不適合想這些極其複雜的宅鬥情節，何況這些事也與她無關。

這時，原本平穩前進的馬車突然一個急剎，整個車廂都猛烈的搖晃著，何葉想去抓個固定物，卻什麼也沒抓到。

江出雲一手扶住何間，一手拉住何葉，何葉才不至於被顛出車外。

「何事？」

「剛才有個孩子突然衝到馬車面前，屬下一時不察，才……」

「你可有事？」

「屬下無事。」

「繼續前行。」

馬車這才恢復了平穩運行，何葉趕緊問何間。「爹，你沒事吧？」

「沒事。妳呢？」

「我也沒事，多謝江公子。不知道江公子可有礙？」何葉由衷感激江出雲及時拉住兩人，不然指不定生出什麼意外。

江出雲搖搖頭，示意自己一切都好。

何葉心中暗想，她是不是和馬車八字相沖，這從上車到路上就遇見了兩件意外，看來還是依靠她的雙腿最靠譜。

到了聿懷樓，何間和何葉與江出雲告別，看著兩人的身影消失在門後，才轉身上車，只拋下了一句。「回府自己去領罰。」

「是。」下人看了看不動聲色的江出雲，還以為自己逃過了一劫，這下恐怕要被扣薪給了。

# 第十章

轉眼便是三月初十，何間帶著小廉和何葉來到寬陽侯府的後門。

姜不凡原本也要來學習過府做宴席的注意事項，畢竟實踐出真知，只是在臨出門前被錢掌櫃攔下，說是鎮國將軍府的人指名要吃姜不凡燒的菜。

錢掌櫃無法拒絕，這才為難的來找姜不凡商量，姜不凡爽快的答應下來，說這次無緣跟著何間學習，只能等下次機會。

侯府管家早早的便等在那兒，見何間人一到，便派下人將何葉和小廉手裡提著的刀具和一些帶來的器具給接了過去。

接著帶著三人往廂房裡去，不到三月十二這天，何間等人還沒有接掌廚房的權力，一日三餐也均有寬陽侯府的下人送菜。

吃完晚餐，何葉抬頭看著天上遍佈的繁星，不禁感嘆，雖然古代生活條件是簡陋一些，卻沒有各種環境污染，能真正看清大自然。

何葉晃了一圈，在牆邊找到把梯子，想著是不是能上屋頂看看，但想著在別人家裡，這種「上房揭瓦」的行為，如果被她爹知道，一定會被好一頓訓斥。

正在何葉再三猶疑的時候，背後傳來了叫喚聲。「何姑娘。」

何葉嚇一跳，轉頭看見江出雲和一個從未見過的黑衣男子，轉念一想，她現在摸著梯子的動作，是不是很像不法分子。

「江公子。」何葉戀戀不捨的放下摸梯子的手。

「何姑娘可是想上房頂看星星？」江出雲看著何葉的動作，猜測道。

何葉先是點了點頭，隨即搖了搖頭。

「可以上去。」江出雲說。「本來就是拿來上房頂的。」

何葉看了看高聳的房頂，還在猶豫著的時候，江出雲身後的那個黑衣男子已經將梯子擺正，江出雲轉眼便站在房頂上。

「何姑娘，不上來嗎？」

何葉沒有抵住這種冒險的誘惑，隨即開始爬梯子。

登上滿是瓦片的屋頂，何葉小心翼翼的尋找著落腳的地方。

江出雲伸出一隻手，對著何葉說：「袖子。」

何葉想大概是讓她抓住對方的袖子，便依言抓住了江出雲的袖子，才顫顫巍巍的坐在房頂上。

放眼望去，務城的景色都收入眼底，街道上的房屋中搖曳著黃色的燭光，遠處的聿懷樓似乎也還是營業中的喧鬧場景，金碧輝煌的宮殿更是在黑暗中熠熠生輝。

何葉抬頭看向星空，意圖找到北斗七星，但沒過多久就放棄了，只覺得繁星滿天的場景十分難得。

她不說話，江出雲也沒有說話，只是凝望著遠處的某一點，不知道在想什麼。

何葉抵不住春夜的寒意，但想著畢竟是自己要上來的，沒坐多久就說要下去可能會顯得很失禮，只能悄悄的搓著手。

她的動作還是被江出雲給發現了，江出雲解下外衫披在何葉身上，溫熱的氣息瞬間攀上何葉的肌膚。

何葉攏了攏那件外衫，悄聲對江出雲說了聲。「謝謝。」

「如果冷就下去。」江出雲對何葉說。

「難得有機會，再坐一會兒。」何葉搖了搖頭，想著兩人之間的氣氛略有一絲尷尬，開口問：「你知道北斗星在何處嗎？」

江出雲抬頭看了一眼，虛空的畫了一道線，何葉順著他所指看去，一眼就找到了北斗七星的所在。

「還習慣嗎？」江出雲突然出聲問道。「住的。」

「沒什麼不習慣的，勞煩江公子了。」何葉依舊客套的回答道。

江出雲張了張嘴，但卻什麼聲音也沒發出來。

兩個人又是默默無言的坐了一會兒，沒過多久何葉就聽到江出雲說：「下去吧。」

青浪在下面給二人扶著梯子，兩人一前一後的回到了地面。

何葉將外衫還給江出雲，江出雲這才帶著青浪離開了。看著江出雲離開的背影，何葉歪著頭想了一下，江出雲大晚上來她的院子裡，莫不只是想問她住得還習慣嗎？結果順便陪她看了會兒星星。

只是她也不知道那個跟在江出雲身後的黑衣男子是什麼身分，看著可不像府裡的下人。

出了院外，一直充當著工具人的青浪終於開口了。「主子，這何姑娘可是有問題？」

「何出此言？」

「屬下以為主子陪那姑娘爬房頂是為了試探她。」青浪回答。

江出雲聽到這個回答，立刻停住往前走的步伐，轉頭望向青浪。「不得胡言。」

青浪從江出雲的語氣中，聽出自己似乎說錯了話。「屬下失言。」說完就又消失不見。

江出雲這才繼續往前走，其實他一點也沒有責怪青浪的意思，自從青浪跟在他身邊，無時無刻不在提防二房的小動作，難免會將何葉想成歹人。

江出雲也沒想到，自從他遇到何葉以來，似乎已經很久沒有心思再去管那些令人不齒的事情。

此時，寬陽侯府內，二房的秦萍，憤憤的對兒子說道：「那江出雲不過負責個壽宴，就整天在府裡晃來晃去的炫耀，生怕誰不知道似的。」又看向一旁的江出硯。「你總要想辦法去討老夫人的歡心。」

「娘，您放心，在壽禮上我可下了功夫，定將哥比下去。」

「哥？什麼哥？不過就是個敗家子！」秦萍喃喃道。

江出硯揮退婢女，對著秦萍說：「娘，您放寬心，兒子定不會給您丟人。」

秦萍卻是恍若未聞，此時心裡還打著其他的算盤。

次日，何葉從小廝手中接過朝食的時候，還有點精神恍惚，沒想到她來到業朝還能享受如此待遇。

吃完飯的何葉，打算趕去廚房的路上卻迷了路，發現這裡的路都長得差不多，她記得昨天從廚房到她住的地方明明有個亭子，但她現在走來走去卻只是圍繞這個亭子在打轉。

本想找個人詢問後廚的方向，但偌大的寬陽侯府此時卻不見一個人影。何葉想著不如原路返回，卻走到一個叫聽風苑的地方。

想著院子裡總該有人在，何葉便推開了虛掩的門，輕聲問：「請問有人嗎？」

何葉只感受到一陣風，隨即一個黑色的身影出現在面前。

何葉看著對方，不就是昨晚跟在江出雲身後的男子？「那個……昨晚我們見過的。」

待青浪看清何葉的樣子，這才往後退了幾步，卻還是一言不發。

「我想問一下後廚怎麼走，我繞來繞去也沒找到。」何葉很不好意思的說出了口。

青浪轉身關上了院子的門，默默無語的走在了前面，何葉想著大概是要帶著她過去，便快步跟上，沒過多久，廚房就出現在了何葉的眼前。

何葉剛想要道謝，卻發現對方一轉眼就沒影了，她想著剛才是不是不小心誤入江出雲的院子，對方才沒給她一個好臉色。

踏進後廚，何葉就聽到婢女的嬉鬧聲。

「聽說了嗎？」

「什麼？」

「聽說這次丞相那個傻子夫人也要來。」

「就是那個癡癡呆呆的夫人？」

「對，妳說都做到丞相了，怎麼也不另娶兩房，還守著這麼個傻子夫人？」

「人家伉儷情深，妳關心這麼多作甚？可是思春了？念著哪個情郎了是不是？」

兩個青衣丫鬟在笑鬧著打趣，一見何葉進來才沒了聲。其中一人說道：「夫人的燕窩該好了，我先給夫人送過去。」

丫鬟將燕窩裝在琉璃盞裡，準備端去給周婉。

「何葉姊，何葉姊！」小廉風風火火的從外面衝了進來，和端著燕窩的青衣丫鬟迎面撞了個正著。

那個丫鬟一聲驚呼，托盤上的燕窩應聲落地，全灑了出來。

小廉一看闖禍了，臉頓時垮了下來，青衣丫鬟也是泫然欲泣的樣子。

何葉一看，就責備小廉。「怎麼咋咋呼呼的？我爹知道了還不說你。」

「怎麼辦啊？」那丫鬟哭喪著臉說道：「這燕窩就這麼一份，要是夫人怪罪下來，我是不是要去洗衣房了。」

剛在一旁一同說話的丫鬟過來勸她。「沒事，夫人這麼寬厚的人不會責備的。」邊說還剜了小廉一眼。

小廉自知理虧，只能默不作聲，悄悄拉了拉何葉的衣服，何葉看了看廚房的食材，一眼便看到放在一旁的銀耳。

「若是不急，等一個時辰之後，妳再將替代品送給夫人吧。」

何葉想著小廉畢竟算聿懷樓的人，這闖出來的禍總不好連累到寬陽侯府的下人。

兩個丫鬟看著何葉將銀耳浸水泡發，想著也沒有其他的解決方法，只能任由何葉拿主意。

何葉忙完，這才顧得上問小廉。「剛才叫我有什麼事情？」

小廉這才扭捏的說道：「其實也沒什麼大事，就是何師傅在後門選食材，想問何葉姊要不要一起去看看。」

「那走吧，去看看。」

兩個丫鬟一看何葉要走，就急了，擔心何葉拋下了她們兩個。「這……」

何葉看出了她們的擔憂，說道：「妳們要不要跟著一起去看看？就是去了，可能要搬點東西。」

兩個丫鬟互相看了一眼，尋思寬陽侯府就這麼大，估計何葉也不會溜走，都表示要守在廚房。

何葉聳了聳肩，表示都隨二人的便，她估計兩人也是不知道從哪個院子裡溜出來開小差的。

何葉剛走，兩個丫鬟又聊開了。

「這是不是就是聿懷樓來的人？怎麼還有這麼年輕的姑娘？」

「看著也和我們差不多大。」

「但這說話的感覺好像聽著怪怪的。」

「妳說燕窩變成其他東西，夫人真的不會怪罪嗎？」

「不知道，但有總比沒有強吧。」

何葉來到後門的時候，地上堆了三、四個小南瓜，何間還在對著其他蔬果挑三揀四。

「爹，我先幫你把南瓜搬到廚房裡去。」

「嗯嗯，好。」何間心不在焉的應了聲。

何葉想著廚房裡那兩個還等著的丫鬟，便拿起兩個南瓜快步走了回去。

回到廚房裡的時候，只剩下剛才灑了燕窩的丫鬟。

何葉尋思著時間差不多，將銀耳撕成小片，將劃口的紅棗和冰糖同銀耳一起燉煮。

原本應該小火慢燉，但考慮到時間，便用大火燒開，再轉由小火慢燉。何葉看著一旁的沙漏，覺著時間差不多，將銀耳羹盛到琉璃碗裡。

那丫鬟看了看天上的太陽，快步走向聽風苑裡。

「夫人。」丫鬟舉著托盤向周婉行了個禮。

坐在庭院裡的周婉閉著眼揮了揮手，丫鬟將銀耳羹放到一旁的石桌上。

周婉睜開眼睛一看。「這是什麼？」

丫鬟嚇得一下子就跪在了地上。「夫人，我錯了，請夫人原諒！」接著將所有的事情全部都說了出來。

周婉一聽，便知道大概是何葉作的主。「罷了，既然是聿懷樓的姑娘替妳解的圍，我嚐嚐也罷。」

銀耳羹入口順滑，甜而不膩，倒也不比她喝的燕窩差，周婉邊喝邊點了點頭。

丫鬟這才慶幸，還好夫人沒有生氣怪罪下來。

三月十二這一日，天還未亮，寬陽侯府已經是張燈結彩，等待著各方賓客到來。

天還未亮，何葉就被丫鬟從被窩裡喚了起來，許是當初迷路的事情被江出雲知道了，今日特別派了個丫鬟帶著何葉一路走到廚房。

到廚房之後，何葉也無暇顧及其他，今天能做的，便是打起十二分精神來準備這場壽宴。

前廳裡自早上開始也是熱鬧非凡，大房和二房均是一身簇新的衣裳。

「奶奶，生辰賀禮。」

江出雲向江老夫人獻上一只小匣子，江老夫人接過一看，裡頭是一塊嬰兒拳頭大小的羊脂白玉，觸感溫潤細膩，看得江老夫人愛不釋手。

江出硯沒想到江出雲這麼捨得，下重金給老夫人購入生辰禮，這樣一來，他還未拿出手的賀禮便顯得掉了檔次。

江出硯硬著頭皮遞上一方木盒，盒子裡裝的是請務城最有名的繡娘繡的雙面繡松柏圖，寓意江老夫人將像松柏一樣常青。

江老夫人雖然面露歡喜之色，但始終摩挲著手上的羊脂白玉。

廳堂上的其他人心情自然也是各異。

江徵傑看著兩個兒子，滿心歡喜，就算再不喜江出雲，也覺得這次賀禮著實選得不錯。周婉則是一臉欣慰的看著兩個孩子，只有秦萍的臉色一變再變，頗有點恨鐵不成鋼的意思。

前廳的暗流湧動，自然傳不到後廚。

後廚煙火氣繚繞，需要的菌菇湯，早早的煨上了。

何間、何葉和小廉忙得腳不沾地，和寬陽侯府的廚子正在一同準備，一些涼菜在賓客入席前都要放上桌，素什錦、拌乾絲、心太軟一道道端上。

同一時間，前門的馬車也來了一輛又一輛，帶來了香風陣陣。

江徵傑帶著江出雲和江出硯，在門口接待客人。

來的賓客中，凡長輩必要誇一句侯爺福氣好，養了兩個出息的兒子，而年輕女眷總是含羞帶怯的往江出雲身上瞥。

兵部尚書來的時候，顧中凱也一同到了，只是礙著父親大人的面子，不能上前和江出雲勾肩搭背、稱兄道弟，只能暗地裡朝江出雲眨了眨眼。

來了一批又一批客人之後，鎮國將軍李忠和丞相陶之遠的馬車終於姍姍來遲，各自停在寬陽侯府門前，江徵傑立刻下臺階去迎接兩位及其家眷。

李忠和江徵傑都是武將出身，打起招呼自然也隨意一點，相互一拱手，便往前廳走去，對陶之遠也只是遠遠的拱了拱手，算做打招呼，看樣子不願與陶之遠過多接觸。

跟在李忠和李夫人後面的，就是當初江出雲在聿懷樓見過的那個寶貝孫子，被嬤嬤抱在手裡，大眼睛眨巴眨巴的東看西看，一點也沒有見人要行禮的意思。

陶之遠則是攙扶著妻子簡蘭芝，溫聲軟語的在和妻子說話，讓她當心腳下的臺階，但簡蘭芝只是目光呆滯的看著前方，像個提線木偶一般，別人說什麼她就做什麼。

江出雲對陶之遠和簡蘭芝的事情也略有耳聞，這次一見，才知市井傳聞所言不虛，果真是夫妻情深。

哪怕簡蘭芝膝下無所出，陶之遠似乎也並無怨言。只是朝堂上的官員背地裡難免會拿這件事嚼舌根。

江徵傑看到陶之遠，多少有點為難，畢竟世人都說陶之遠明明身居高位，卻伺候著眾人傳言的「傻子」夫人，每次安排坐席，都要將兩人排在一起。有時候礙著陶之遠妻子在場，宴席上許多話也只能略過不提。

但若是將簡蘭芝安排在女眷的區域，那些世家夫人小姐又對此頗有微詞。眾人都希望陶之遠能夠獨自赴宴，但他仍每每都將簡蘭芝帶上，不乏有人猜測，陶之遠是想以簡蘭芝為藉口來推託應酬。

除了給王府下的帖子，太子和兩位王爺僅派人送來了賀禮外，其餘邀請的眾人都到齊，江徵傑正式宣佈開席。

開席後，各家公子說著近來務城的新鮮事，聊到前兩天馬球賽的勝負，又相約一道去打獵，這是善動派。善靜派則談論著近幾日誰寫出了新詩作，順帶點評一番，其餘的話題無非是誰得了新畫作，又或者下了出色的棋局。

顧中凱則是在兩派中來回遊走，好一副翩翩佳公子的形象，江出雲則是陪伴在江老夫人左右。

世家小姐這邊的話題離不開胭脂水粉一類，有時還悄聲說著心儀之人。

前廳觥籌交錯，後廚的動作也是馬不停蹄，煎、炒、烹、炸，何間手上的動作就未曾停過。

終於，所有的熱菜和點心都全部擺盤上桌，何間等人才得了一口喘息的機會。

何間一停下來，就捶著腰。

何葉看著父親的動作，便知十分辛苦，想著晚上還要繼續燒菜，再三勸說，才把何間勸回房間休息，而她留守廚房當值。

何葉在廚房邊找了張竹編的椅子坐下，留意前廳是否傳來加菜之類的消息。

百無聊賴的時候，聽到一陣「噠噠噠」的腳步聲傳來，一個紅衣小胖子出現在了後廚門口，胖乎乎的小手上還拿著炸響鈴吃得「嘖嘖」響，碎屑落得一身。

何葉看清來人，心裡便樂了。

眼前這小胖子，就是當日聿懷樓門口碰瓷的那個小孩，許是今天跟著家裡長輩一同來赴宴。

對方也看清何葉之後，拔腿就想要跑，可惜何葉看出了他的意圖。

「小朋友！」

小胖子呆立當場，一動不敢動，想起了那日何葉威脅他的話語，硬生生的喊了聲。

「姊姊！」

何葉其實也沒有為難他的意思，只是想著這孩子的嬤嬤著實不負責任，任由幾歲的孩子到處亂竄，這廚房平時火星四濺，若是一不注意，這孩子受傷了，倒楣的不是這孩子的嬤嬤，而是其他下人。

「你過來。」何葉對著那孩子招了招手。

小胖子似是害怕何葉，猶豫在原地不肯進廚房。

何葉也知道對方大概是怕她，看了看灶臺上剛才小廉留下的花生糖。

「進來就給你吃糖。」

何葉一說到吃糖，小胖子驟然邁著藕節般的短腿跨過門檻，一下子衝到何葉面前，伸出油乎乎的手。「糖。」

何葉從紙袋裡拿出一顆花生糖放到他手裡，小胖子「嘎嘎」的一下將花生糖全部吃完了，嘴角還殘留著碎屑，看了看何葉手裡的袋子。

「還要。」

何葉搖了搖頭，想著小孩子糖吃多了，生了蛀牙，苦的還是他，搖了搖頭。

小胖子看何葉不再給他糖吃，嘴巴一癟，馬上就要哭出聲，何葉深知這孩子就是被寵壞的，隨即把花生糖放回了灶臺上。

小胖子的眼睛就跟著花生糖停留在灶臺上，但顯然那個高度是他望塵莫及的，張著嘴作勢就要哭。
何葉則是一副任由你哭，能打動她，算她輸的態度。
小胖子終於想起了，何葉絕對不是他一哭就會妥協的主，眼珠一轉。「妳可知道我是誰？」
「你是誰跟我有什麼關係？」何葉不以為然。
「我是鎮國將軍府上的小公子，鎮國將軍是我爺爺，妳要是把糖給我，我就讓我爺爺賞妳千百倍的錢。」
何葉一聽，這孩子的確出身富貴，小小年紀，其他沒學到，仗勢欺人和狐假虎威的樣子倒是學了十成十。
「我不稀罕錢。」
「妳胡說，怎麼會有人不稀罕錢？」小胖子一臉不相信。「每次娘給嬤嬤賞錢，都是嬤嬤笑得最開心的時候。」
何葉因為這句話，倒是對這個孩子高看了幾分，對人的觀察倒是仔細，想著生在這種大戶人家，也許從小就是看人眼色長大。
「不要錢，也不給你糖吃，為你好。」
「為我好，就是把我想要的都給我，妳再不給我，我叫嬤嬤來收拾妳！」

何葉聽完這句，決定還是收回剛才的想法，見了這孩子兩次，次次都一樣。

「要收拾誰？」江出雲一撩袍子，跨進了後廚。

何葉看到江出雲也是一驚，想著前廳還是喧鬧不止，作為主人之一的江出雲怎麼會到這裡來？

江出雲在何葉給小胖子吃花生糖的時候，就到門口了，只是聽著何葉有一句沒一句和小朋友兜圈子聊天覺得頗有意思，倒比前廳那些虛偽作態的風花雪月更有趣。

看著他一進廚房，何葉立刻像隻炸了毛的貓，想著莫不是有什麼緊急的事情，開啟了戒備的狀態。

「江公子，可是前廳有什麼事情？」何葉問道。

「無事。」

何葉聽到江出雲這麼說才舒了一口氣，但還是沒想通他怎麼會在這個時間點出現在這裡。

「吃多了散步。」江出雲補了一句話，何葉愣了一下，才反應過來江出雲是在解釋他出現在這裡的原因。

若是顧中凱在這裡，必定要以驚訝的眼神看他，想著這人找的藉口還是一如既往的令人尷尬。

「你不是那個剛才站門口的嗎？」小胖子仰頭望著江出雲。

江出雲淡淡的瞥了一眼小胖子，小胖子看出來這不是他能隨便欺負的主，立刻就蔫了。

「小少爺，小少爺。」外面傳來了嬤嬤的聲音。

「嬤嬤！我在這裡。」

嬤嬤一聽，趕緊進了廚房，眼裡只有她的小少爺，拉過小胖子前後上下的檢查了一遍。「小少爺，您怎麼又到處跑？」

小胖子也不說話，只是眼神在何葉和江出雲之間滴溜溜的轉著。

嬤嬤先是看到了何葉。「怎麼又是妳！妳對我們家少爺做了什麼？」

「夠了！」

江出雲的聲音響起，嬤嬤這才意識到廚房裡還有一個人，看到江出雲，她跟變臉似的，立刻換上假笑。「恕奴婢眼拙，驚擾了江公子。」

江出雲不帶感情的看了一眼那個嬤嬤。「寬陽侯府的地盤還輪不到妳來放肆。」

「是，是，奴婢這就帶著小少爺離開。」嬤嬤抱起小胖子，急忙就往外走。

小胖子邊走邊看著灶臺上的花生糖，還喊道：「我叫李團圓，記住我的名字，下次再不會任你們欺負。哼！」

何葉想著這名字倒是適合這個小胖團子，但對他說的話只是覺得小孩子任性，並沒有放在心上，畢竟應該是沒機會再見了。

嬤嬤出門之後，卻是恨得咬牙切齒。

她平時仗著鎮國將軍府的名頭，在外面作威作福，卻一連兩次栽在這個丫頭的手上，她一定要找機會報了這個仇！

# 第十一章

人都走了，後廚頓時只剩下何葉和江出雲面面相覷。

何葉猶豫了一下，為了緩解尷尬，拿起灶臺上的花生糖，問江出雲。「吃糖嗎？」

江出雲發現何葉似乎經常在問他要不要吃各種糖，他看了看袋子裡的糖。「謝謝，不了。」

何葉想著也是，畢竟江出雲是剛從宴席裡出來的人，都吃飽了怎麼會想要吃糖？她尷尬的把手收了回去，趕緊扯開話題。「你來找我爹嗎？我爹回房間休息了，你有什麼事跟我說也一樣。」

「吃飯了嗎？」江出雲突然問道。

何葉搖了搖頭，她和父親還有小廉忙到現在還沒有時間吃。

「走吧，去吃飯。」江出雲轉身走出了廚房。

何葉猶豫了一下，還是開口說：「廚房裡都沒有人，前廳有事的話，沒人在可能不大好。」

「散得都差不多了。」江出雲說。「只剩下喝酒的。」

何葉想著江出雲應該也沒有騙她的必要，就跟著他出了廚房。本以為是讓她和父親一起去吃飯，沒想到卻帶著自己往後門走。出了侯府，何葉還是猶豫的開口了。「那個……我們去哪兒？」

「吃飯。」

何葉覺得江出雲雖然相處下來沒有架子，但是說話時常沒頭沒尾，讓人有點捉摸不透。

「我爹還沒吃飯，我還要去看看他。」總不能對父親不管不顧，自己一人出去吃飯吧！

江出雲卻回答道：「有人送了。」

何葉看了江出雲一眼，既然都給何間送去了，那她應該回去陪何間一起吃飯。「我回去和我爹一起吃就行了，就不麻煩江公子了。」邊說，何葉邊想著開溜。

走過了兩個街口，沒想到江出雲在牆角轉了個彎，對何葉說：「到了。」路邊支著一個簡易的攤子，放著一張四方桌和兩把長板凳，一位大爺支著頭在攤位上打瞌睡。

那大爺一聽有動靜，立刻睜開了眼。「喲，江公子，什麼風把你吹來了？今天不是辦宴席嗎？怎麼還到我這裡來了？」

「吃飯。」

「行，那吃啥？還老樣子？這位姑娘呢？」

江出雲看看何葉，何葉不知道這個攤子賣的是什麼，表示和江出雲一樣就好，反正她也不挑食。

聽這大爺說話，就知道江出雲是這裡的常客，她以為江出雲只會到高檔的酒樓用餐，沒想到他倒也不顧忌自己的身分，會來這種路邊攤吃飯。

大爺先將番茄、香菇、木耳等配料下鍋翻炒，何葉看了半天，覺得這不像是一般炒菜的做法，猜測大概現在沒人來吃飯，莫不是要現場調制餡餅的餡料？

直到大爺朝著另一鍋滾水裡下了掰成小塊的麵片，何葉這才反應過來，這個攤子賣的是麵疙瘩。

隨著麵疙瘩下鍋，蔬菜和高湯的香甜和麵香不斷飄向何葉，之前並沒有覺得餓的何葉，飢腸轆轆了起來。

麵疙瘩端上來的時候，兩個碗裡都是色彩誘人，番茄、雞蛋、青菜、木耳的顏色繽紛，還點綴了蔥段，香氣四溢。

「姑娘，快嚐嚐我的手藝。」大爺擦擦手說道。

何葉舀了一勺麵疙瘩，入口既有麵順滑的口感，又有彈牙的嚼勁，雞蛋的香氣、蔬菜的甜味和湯的鹹味混合在一起，構成了豐富的滋味。

「好吃。」何葉吃完一口說道。

「好吃就多吃點，不夠的話，我再給你們燒。」大爺一聽到好吃兩個字，笑得臉上的皺褶都堆在了一起，也不打擾他們兩人用餐，坐回到原來的地方。

何葉邊吃邊偷偷瞧江出雲，對方坐姿端正，背挺得筆直，一舉一動都透著良好的教養。

她想問江出雲是如何發現這個鋪子的，不過想來酒香不怕巷子深，此處與寬陽侯府相隔也不遠，大概就是江出雲外出散步的時候發現的。

何葉將碗裡的麵疙瘩吃得一乾二淨，下意識的摸了摸肚子，發現江出雲的碗裡也空了。

難道今天的素菜不合江出雲的口味？

何葉懶得整天琢磨面前這位的心思，也猜不透，不如直接問。

「江公子。」何葉頓了頓，見對方看向她，才繼續說道：「你在宴席上沒吃嗎？」

「吃得少。」

「不好吃嗎？」

「氣氛不對。」

何葉瞬間明白，今日寬陽侯府不過是借著江老夫人的名義，宴請各方來賓，說得好聽點，就是相互試探，說得難聽點，大概就是各懷鬼胎。

看江出雲似乎挺願意和她聊天的，何葉問出了一直有點好奇的一個問題。「我可以問嗎？那天跟在你身後穿黑衣服的男子是誰？」

「青浪，現在是我的護衛。」

「那聽風苑是你住的嗎？」

江出雲意外的看了一眼何葉。「不是，是我娘。」

何葉不好意思的笑了笑。「那天在府裡迷路了，不小心到了聽風苑，碰到青公子，不知是否得罪他了，他當時的臉色看起來不是很好。」

「不會，他一直那樣。」

何葉見江出雲有問必答，決定問出一直埋在心裡的問題。「都說君子遠庖廚，江公子，你和顧公子都不忌諱嗎？」

「人食五穀而活，君子也一樣，若只因所謂的仁義，不直面牲畜的生死，不也是滿口的假仁義嗎？」

何葉倒是沒想到江出雲竟然會去反駁經典說的話，其實她也不知不覺中形成了某種刻板印象，認為古代的讀書人既然讀了聖賢書，必定會將其所讀內容奉為至上真理，就像宋懷誠一樣。

何葉不知道若是宋懷誠聽了江出雲這番話，會不會氣得和江出雲再不來往。

江出雲從懷裡掏出銅板放在桌上，何葉後知後覺的也從荷包裡掏出銅板。

那個大爺一看，忙道：「你們這不就給多了嗎？」

何葉看看江出雲，想要讓江出雲把銅板給收起來，江出雲卻不讓步，何葉不想再欠江出雲人情，再欠下去也不知道該拿什麼還。

大爺見兩人都不讓步，只好說：「那錢我都收下來了，就當先付了下次來我這兒吃麵的錢。」

兩人這才一前一後慢悠悠的走回寬陽侯府，何葉發現回去的路似乎比來時的長，不過她不認得路，只能由江出雲帶著她走。

江出雲將她送回侯府後廚，何葉看到小廉已經回來，開始為晚宴做準備，便收回了胡思亂想的心思，開始投入籌備工作中。

江出雲站在後廚門口，默默看了一會兒才離開，嚇得小廉以為江出雲是來監工。

「何葉姊，嚇死我了，江公子剛才一直站在這兒。」

「有什麼好怕的，不都是人，一樣要吃飯睡覺。」

小廉抖了抖。「那還是不一樣，氣場不一樣。」

何葉想了想，覺得江出雲給她的印象，和最初她從何間口中聽到的並無多少不同，看來她爹的眼光也著實獨到。

「我爹呢？還在睡嗎？」何葉突然想起來怎麼沒看見她爹。

「沒，師傅已經起了，只是叫我先過來。」

何葉這才放下心來，擔心父親睡過頭，忘記了時間。

江出雲回到院子裡，發現周婉正坐在屋裡。「娘，您怎麼來了？」

「怎麼一聲不響就溜了？」周婉輕聲問道。「是不是嫌宴會上太悶了？我知道你不喜歡，可是也沒辦法，晚上再忍忍？」

「娘，我沒事。」

見江出雲反過來安慰自己，周婉思緒飄回了十五年前的那場宴會。

寬陽侯府一如今日，席間熱鬧非凡，當時周婉剛和江徵傑為了江出雲的事情大吵了一架。在宴席上，江徵傑不顧周婉的阻攔，硬是將江出雲拉到眾人面前，非要他以「出塞」為題作詩。

那時江出雲左右為難，看著父親期盼和鼓勵的神情，母親卻是衝著他不停搖頭，神情透露出一絲絕望。

江出雲為了不讓雙方失望，做了一首平庸之作，聽到的眾人顯然沒想到被譽為神童的江出雲詩作竟如此普通，礙著江徵傑的面子，依舊稀稀拉拉的鼓掌稱好。

宴席過後，桌上剩下的只有殘羹剩餚和江徵傑憤怒的聲音。「你作的詩那是什麼東西？」

江出雲低著頭，不發一言。

「你以為你爹是武夫就不懂嗎？就算不懂，看別人的反應也該懂了！」

「爹，我不會。」

「我看你就是故意的，就是受你娘教唆。」

「爹，您不能這麼說娘。」江出雲為周婉辯護。

「娘，娘，娘，你就知道護你娘，你心裡有為我這個爹想過嗎？」江徵傑恨恨的說。

江出雲突然抬起頭直視父親。「我是不是神童就對您這麼重要嗎？還是你面子上掛不住？」

「你這個逆子！你娘就這麼教你的？」江徵傑邊說邊要一巴掌扇過去，被一旁的周婉給攔住了，她捂住江出雲的耳朵。

「他再怎麼樣，也是你兒子。」周婉衝著江徵傑怒吼。

「我沒這樣的兒子！」江徵傑的聲音從周婉的指縫，鑽進江出雲的耳朵裡。

「你永遠不要後悔你說過的這番話！」

周婉丟下了這句話，拉著江出雲快步離開，徒留江徵傑留在原地，氣得一拳捶在桌子上。

江出雲知道從那個時候開始，江徵傑對他最後一絲的耐心可能也蕩然無存了。

「娘。」江出雲的聲音將周婉從不愉快的回憶裡拉了回來。「我過得很好，您自己也要過得很好。」

「好。」周婉看著一轉眼就已經長得那麼大的兒子說道。

寬陽侯府的宴席結束已近一週有餘。

何葉回想起那日，都覺得像是在作夢，當日晚上忙碌完之後，還在寬陽侯府多住了一晚，第二天收到豐厚的報酬和賞金，又一次坐上寬陽侯府的馬車，回到聿懷樓。

這是何葉來到業朝第一次，憑藉她自身的努力，有了私房錢入帳。

她決定把錢存著，以備不時之需。

何間從寬陽侯府回來，將宴席的分成銀子交回聿懷樓後，就開始他的休假。

何葉的廚師成長培訓暫時全權轉交給姜不凡，何葉一開始還挺開心，覺得能學到不少西南菜的做法。但她忘了這些菜式需要大量的辣椒，負責切的人當然是她。

有一次剛切好辣椒，無意中揉了揉眼睛，被疼得淚流不止。

這點小事當然沒有打倒何葉。只是當姜不凡將辣椒下油鍋爆香的時候，一旁幫廚的何葉聞著辣椒嗆鼻的味道，又流出淚來，這才意識到愛吃辣也是要付出代價的。

不過，她學廚這段時間，覺得最有成就感的一件事，莫過於水煮肉片起鍋後的最後一個步驟，放上小蔥和蒜末，淋上沸騰的油那一瞬間。

滾燙的油澆入碗中的剎那，油泡爭先恐後的在肉片上爆開，化作水煮肉片的一部分精華。

香噴噴的水煮肉上桌，那一刻，先前的辛苦都不算什麼了。

何間整日休息在家，最難熬的人莫過於何田和錢掌櫃。

何田天天除了去私塾上課，就是被何間拘在家裡讀書。

何間原本是想著自個兒休息，讓福姨回去和家人團聚，但福姨說回去也是去田裡幹農活，還不如留在何家輕鬆一點，大不了這幾天不算工錢。

家裡有福姨燒菜，何間也樂得輕鬆，經常就搬了張板凳坐在何田房門口揀菜，何間想要偷溜出去，看到門口的何間，只能退回去。

看何田被何間管得辛苦，何葉從聿懷樓回來的時候經常給他帶點小吃和蜜餞，但依舊撫慰不了何田傷痕累累的心。

何田原本想用去找宋懷誠請教學問的藉口，溜到附近和朋友一起玩，何間卻念著宋懷誠科舉考試將近，讓何田無論如何都不能打擾宋懷誠。

就連去給宋懷誠送飯，何間都只讓何田和何葉把飯放在門口。擔心他們打擾太久，影響宋懷誠讀書。

氣得何田在家裡直嚷嚷，說宋大哥才是何間親生的，他不過是路邊撿來的。

何間氣得追著何田就是一頓打，繞著院子跑了好幾圈都不停手，還是福姨在一旁看不下去勸了幾句，何間這才罷休。

錢掌櫃也是動不動就往何家跑，美其名是要關心何間新菜的研發情況，實際上一來就念叨著讓何間早日回到聿懷樓工作，這樣他也不用再面對眾多賓客關於何間何時休假回來的詢問。

「老何，你什麼時候回聿懷樓？」

「老何，你今日研究了什麼新菜嗎？」

「老何，你休息夠了，就趕緊回來吧。」

「老何，你看，你趕緊回聿懷樓，以後一個月給你五天假。」

家裡其餘三人聽著錢掌櫃的這些話，覺得耳朵都要起繭子了，偏偏錢掌櫃異常執著。

何葉看到錢掌櫃在家裡也是大為頭疼，錢掌櫃一來，何葉就有一種家裡也變成聿懷樓的錯覺，彷彿像在加班。

但錢掌櫃對何葉的煩惱絲毫未覺，基本隔兩、三天總要來何家，逮著何間就是大吐苦水。

「老何，我跟你講，這個掌櫃我當不了，不當了！」錢掌櫃拿著酒杯對何間說。「這有權有勢人家的僕人，眼睛都長在這兒。」錢掌櫃邊說邊指了指額頭。

「你看開點吧，都做了這麼多年了，不是你說不幹就不幹。」

「看不開啊！你想，論靠山，我背後的靠山可是昱王殿下，可比他們那些幾品官員大多了吧？」錢掌櫃一口氣將杯裡的酒全喝了。「可我還是在看別人的臉色。」

「好了，你喝多了，別喝了。」

何間伸手要去拿錢掌櫃的杯子，卻被錢掌櫃一個閃身給躲開。「沒事，我還能喝，我沒醉。」

何田和何葉就在不遠處看著兩人鬧，何田悄悄對何葉說：「姊，妳說錢掌櫃是不是來我們家騙酒喝？一來就喝酒，每次喝了還都說一樣的話。」

何葉倒是不置可否，只希望何間能從錢掌櫃喝醉酒的樣子裡看到自己喝酒時候的影子，少喝點。畢竟，喝酒有害身體健康。

這時，木門被敲了敲後推開了，一看來人正是住在不遠處的姜不凡，抱著一個罈子走了進來。

何田一看姜不凡來了，尤為激動。「姜大哥，你怎麼來了？」

「之前醃的泡菜好了，給你們送點過來。」

「泡菜是什麼？」何田彷彿又聽到了新鮮玩意兒。

「一看就知道之前吃飯聊天的時候你在開小差，那個時候姜大哥就說要拿泡菜過來。」何葉笑著打趣何田。

「哼，姊，妳就知道損我。」何田不滿的說，但還是被姜不凡手裡的罈子所吸引。「這裡面都有什麼？」

「這裡面是白菜和蘿蔔，若是你們喜歡，下次再給你們醃點豆角。」

一旁的何間看姜不凡進門後就一直抱著罈子。「不凡，來來來，正好在喝酒，你也一起來喝點兒。」

姜不凡也不客氣。「那行，找個碗，盛點泡菜出來，正好當下酒菜。」

何葉拿了兩個碗，一碗盛給何間他們，另一碗則是盛了一些，她和何田還有福姨嚐個鮮。

泡菜入口，口感酸爽，還能嚐到花椒的椒麻味，令人回味無窮。

姜不凡加入到酒局之後，話題就從聿懷樓轉移到姜不凡的家鄉菜上，但是說來說去，也還是在講燒菜的事情，何葉決定到外面散個步，轉換一下心思。

沒想到迎面就撞到了宋懷誠，對方手裡端著空碗和空盤子。

何葉想到上次和宋懷誠聊天不是很愉快，之後又一直忙著聿懷樓的各項事務，也沒有機會和宋懷誠再見面。

「何姑娘。」宋懷誠率先開了口。

「宋大哥。」何葉問道：「你怎麼來了？這空盤子放在你家門口就好了，何田會去拿的。」

「沒關係，我總不能一直麻煩你們。」

「這不麻煩，反正都要吃飯，只不過多個碗、多雙筷子的事情。而且何田也喜歡往你那兒跑。」

「那也是給你們添麻煩了，這碗都已經洗乾淨了，何姑娘不妨拿進去。」

「宋大哥不如自己拿進去，姜大哥也在，你們應該也好久沒聊天了。」

「不了，我這還要回去溫書。」

何葉也知道宋懷誠將讀書看得比天大。「那你放門口吧，我出去晃一圈再拿進去。」

「這麼晚，何姑娘要去何處？」

「沒什麼，就附近轉轉。」

「這麼晚，一個姑娘家四處走動，可不安全，若不介意，我不妨陪何姑娘走走。」

「可是你不是要回去溫書？」何葉說。

「散步不會超過一刻鐘，這點時間還是有的。」

「那走吧。」何葉聳了聳肩，表示她有沒有人陪都可以，反正她身為路癡，也不會走得很遠。

何葉原本想著既然宋懷誠也在一旁，就在知巷裡走一個來回便結束，省得二人都尷尬，卻沒想到宋懷誠又將話頭扯回之前兩人不歡而散的話題上去。

「何姑娘，那日回去之後，我研讀各類史書，卻依舊沒有發現何姑娘口中所謂的男女平等。」

何葉並不是很願意和宋懷誠探討這個問題，畢竟這個問題最根本的原因，在於兩個人學習的歷史和成長環境不同。

「那你依舊覺得不可能實現嗎？」

「男主外，女主內，各司其職，不正是恰如其分？」

何葉無奈，只能說：「我來打個比方，你參加科舉，然後狀元及第，當今聖上讓你想辦法讓女子和男子擁有同等地位，你能拒絕嗎？」

「何姑娘切莫胡亂言語，怎可妄議當今聖上?!更何況科舉的事情，也不知道結果會如何。」

何葉氣到說不出話來，覺得她和宋懷誠說話根本就是對牛彈琴，便不再多言，只能極為勉強的說：「那宋大哥還是按照書本裡的繼續學習，相信這次宋大哥一定能高中。」

她都懷疑她說話的時候，是不是都透露著一股咬牙切齒的感覺。

聽到這話，宋懷誠卻絲毫沒有覺察到何葉情緒不對。「我若是高中，定不會忘了何家的恩情。」

何葉看了看宋懷誠，想他靠著這股子迂腐氣，做任何事都恪守禮數，就算高中，不懂世故圓滑，未來在官場上恐怕也是舉步維艱。

何葉突然想起，自己只知有科舉考試，卻不知這個朝代的科舉是否也分為鄉試、會試和殿試這種層層選拔，想到這裡，只好開口向宋懷誠詢問。

宋懷誠狐疑的看了何葉一眼，似是不解何田也在讀書，何葉為何對科舉考試制度如此陌生，但還是耐心講給何葉聽。

何葉一聽便明白了，業朝的科舉有點類似於高考，各個地方舉行考試，最後將所有的試卷匯集到務城，最後按成績高低進行排名。

看似便捷，但何葉想到的卻是其中不少的弊病，業朝畢竟不像現代有飛機、火車和監視器這種東西，試卷運輸困難，也難保試卷在中途不會被掉包，又或者出意外。

想來業朝的科舉不僅需要過硬的知識，還需要運氣。

# 第十二章

何間在家裡休息到五月底，發現閒著有時挺難熬，但沒有訂單催在身後的日子還是樂得輕鬆。

六月中旬，科舉考試便要正式舉辦，聿懷樓為了順應市場潮流，推出了定勝糕。

定勝，諧音「定升」，十年的寒窗苦讀，指望著一次高中，從此榮華富貴享受不盡。原本是出征時為了順利凱旋的定勝糕，不知道從什麼時候就變了意思，只不過兩者都包含著人們心中的美好祝願和希冀。

一時之間，務城家裡有考生的，都在搶購各個酒樓、點心坊推出的定勝糕。

為此，何葉也被「發配」和定勝糕打交道，這幾天一睜眼就是揉不完的糯米粉和粳米粉。回到家後，還發現指甲的縫隙都殘留著白色粉末。

何間對定勝糕的說法也深信不疑，讓何葉在聿懷樓買了兩塊定勝糕，何葉一聽就猜到何間是給宋懷誠買的，便又自作主張，多買了兩塊給弟弟。

何間獨自在家，正準備蒸了糕要給宋懷誠送過去，沒想到還沒送去，宋懷誠倒先上了門。

何間一看到宋懷誠，便招呼道：「小宋啊，你怎麼來了？」

宋懷誠露出了難得靦覥的笑容。「何叔。」

「正好，何葉從聿懷樓帶回來的定勝糕剛要出爐，你趁熱吃。」何間殷勤的說。

「何叔，那個……」宋懷誠有些吞吞吐吐。

「小宋，都這麼熟了，有事你就說，就別跟何叔客氣了。」何間還以為宋懷誠不好意思。

「何叔，不是，我有很正經的事情想跟你說。」

何間一聽，立刻變得嚴肅了起來，拉著宋懷誠坐到凳子上，語重心長的說：「小宋，你怎麼了？這都快考試了，你是不是壓力太大了，你放輕鬆，你書讀得這麼好，一定可以考上的。」

宋懷誠深吸了一口氣，鼓起勇氣說道：「何叔，若是我這次能高中，我就找媒婆上門提親。」

聽完宋懷誠的話，何間一時沒反應過來。「你說什麼？提親？」

「是。」宋懷誠也被何間的反應嚇了一跳。「我心悅何姑娘已久，平日又承蒙何叔照顧，若是此次能夠高中，必定登門提親。」

「這……」何間面露為難。

「我也知道我身無長物，唯一會的就是讀書，幸好多少也存有點銀子，聘禮雖沒有三十六抬，卻也絕對不會虧待何姑娘，定會對何姑娘好的！」

「這才多久沒見，何師傅家裡就要辦喜事了？若是如此，可別忘了顧某的一杯喜酒！」顧中凱推門而入，手上還拎著一隻烤鴨，一旁還站著江出雲。

何間見到顧中凱和江出雲，很是吃驚。「二位公子怎麼來了？」

「這不是許久不見何師傅，甚是想念，特地來看看你。」顧中凱邊說，邊遞上那隻烤鴨。

江出雲的話都被顧中凱搶先說完了，這才得了個空隙和何間打招呼。「何師傅，宴席之後，奶奶也時常念叨您的菜。」

「這真是承蒙老夫人喜歡了。」

宋懷誠坐在一旁，臉上是一陣青、一陣紅。

顧中凱似乎沒意識到自己打斷了極為重要的事情，依舊沒心沒肺的在和何間說話。

「何師傅，家裡怎麼就你一個人？」

「都出門了。」

「那正好，我們來陪陪何師傅，也省得你一個人無聊。」

「宋兄也在。」江出雲出言提醒顧中凱不要過於放肆。

顧中凱一副現在才想起宋懷誠的樣子。「宋兄剛才可是在和何師傅討論大事？你們繼續，把我和出雲當隱形的便好。」

宋懷誠更是尷尬，起身就要告辭。

何間也察覺氣氛不對，趕忙說：「既然都來了，就在這裡吃飯吧，我也好久沒露一手了，反正你們也認識，先聊，我再出去買點菜就回來。」

「太麻煩何師傅，我和中凱一會兒就走。」江出雲說。

「不麻煩，這可是我本行，都待著不許走！小宋，把人給我留住了，我去去就回。」何間邊說，拿著菜籃子就出了門。

只剩下三個人面對面坐著，宋懷誠欲言又止，顧中凱是第一次進了這扇門，左右打量著何家的格局，江出雲則是一副置身事外的樣子。

何葉回到家裡，看到的就是這樣的場景——三個外人正占據著自家的院子。

「宋大哥、江公子、顧公子。」何葉一一問好。「我爹和福姨呢？」

「福姨應該出去買菜了，何叔大概去市場找福姨了。」宋懷誠搶先答道。

「哦，那你們幾位……」

「何師傅留我們吃飯。」江出雲回答說。

何葉看了看三個人的茶杯。「你們杯子裡都沒熱水了，我給你們燒一點。」

何葉轉身要走，卻被宋懷誠搶先一步。「何姑娘，妳坐著，我來就行，何師傅讓我照顧好二位。」

顧中凱看著宋懷誠的動作，背對著那二人，努力朝著江出雲擠眉弄眼，一副看到了驚天大八卦的樣子。

江出雲宛如老僧入定，未曾給過顧中凱一個眼神。

「來者是客，宋大哥還是坐著吧，被我爹知道了，該說我怠慢各位了。」何葉搶過水壺，從井裡舀了水，放到火上等著慢慢燒開。

何葉想著這三人應該自然能聊到一起去，也沒有作陪。她在廚房忙著，發現鍋子裡蒸好的定勝糕，必然是蒸了要給宋懷誠送過去的，想著現在三人都在，不妨就給這三人當作茶點。

顧中凱一看到定勝糕，就開始連聲哀嚎。「這是聿懷樓的定勝糕是不是？」

「是。」

「那我不吃了，何姑娘，妳都不知道我有多慘！」顧中凱指著定勝糕控訴道：「這務城的定勝糕我是每一家都吃遍了，我娘每一家都給我買了，棗泥餡的、豆沙餡的，什麼口味都有。我現在一日三餐都有這個，就連閉著眼睛，腦海裡都飄著這定勝糕的味道。」

何葉噗哧一下笑出聲來，隨即又沈默了下來。「那說明你娘對你好。」

顧中凱聽著何葉低沈的語氣，這才反應過來，他原本只是想活躍一下氣氛，卻沒想到勾起了何葉的傷心事，以慌亂的眼神向江出雲求助。

「何姑娘近日可是都在做定勝糕？」江出雲開口替顧中凱圓場。

「是。」

「你怎麼知道？我們這幾天也沒去聿懷樓，今天都是好不容易溜出來的。」顧中凱又充分發揮了他低下的觀察力。

「衣服有粉。」江出雲指著何葉衣服的下襬，有一條不明顯的白色痕跡，看樣子何葉拍打過那糯米粉，但還是有些沾在衣服上。

顧中凱不服。「那也有可能是沾到的，廚房不都有可能蹭到嗎？」

江出雲瞥了顧中凱一眼，眼神流露出「這人吃了這麼多定勝糕，依舊沒有把腦子給補回來」的蔑視，只能開口向他解密。「指甲。」

顧中凱這才意識到何葉的指甲，怪只怪他沒有看仔細。

從私塾回來的何田，進門第一眼就看到了桌上放著的定勝糕，也沒顧上和其他人打招呼。

「姊，妳別告訴我定勝糕都在這兒了。」

「你怎麼還沒大沒小？先叫人再告訴你。」

何田嘴一癟，在美食的誘惑下，跟他們挨個問了好。「姊，妳現在該告訴我了。」

「你的那塊留在鍋裡了。」何田一聽，一溜煙回房間放下了書，立刻掀開鍋蓋，嘴巴裡塞著定勝糕，含糊不清的說著。「還是姊最好了。」

沒多久何間就和福姨一同回來了，福姨跟何間說自己一見貴人就犯怵，今夜就不和他們一起吃飯，她還是去鄰家找周大娘一起湊合一頓。

於是就變成了何葉幫忙打下手，何間則是久違的親自下廚，燒幾個菜大家一起樂呵樂呵，順便為這裡的三個科考生祈福，希望他們三人都能取得好名次。

眾人吃飯，何間自是忘不了他的心頭好，從地窖裡費勁搬出了他那一大罈子黃酒，拉著酒量最好的江出雲陪他喝。

「何師傅，你怎麼知道出雲酒量好，你們一起喝過？」顧中凱似是不解。

「大年夜那天喝的。」何間回答。

顧中凱轉過頭看向江出雲，一副「你怎麼大年夜來這裡也沒跟我說，你還是不是兄弟」的神情。

江出雲回看了他一眼，依舊面無表情，但相識已久的顧中凱已自行領悟成「你不要多管閒事」。

「何師傅，我也能喝，我比出雲還能喝，待會兒我陪你一起喝。」

在灶臺邊燒菜的何間笑道：「好，這麼多人喝，熱鬧。」

只有何葉一聽到他們又要喝酒，就開始頭疼，只希望他們今天能夠收斂一點。

伴隨著何田的歡呼聲，七菜一湯正式上了桌。

「好久沒吃到爹做的飯菜了！」

今晚的主菜是江出雲和顧中凱帶來的烤鴨，將烤鴨酥脆的皮片下，包在細膩的餅皮中，配上大蔥和甜麵醬捲著一起吃。

鴨肉的部分則是和韭芽、薑絲、辣椒絲一同炒製，做成炒鴨絲，別有一番風味。另外剩下的鴨骨架拿來燉鴨湯，讓鴨子的鮮味滲入其他食材之中。

何間還做了數道清爽可口的菜，眾人圍坐在一起吃飯，顧中凱連連稱讚這一桌菜餚，尤其是燙乾絲和黑木耳炒山藥，並一再表示對何間手藝的懷念。

何葉的目光卻被一碟涼菜吸引。「爹，這是什麼？」

「這個下酒菜，橙生玉，棠梨和柳丁做的，妳嚐嚐。」

何葉挾了一筷子，吃到嘴裡，甘甜又隱約有些柳丁的酸味，還有梨子本身略帶沙沙的口感。

「現在還不是吃梨的時節，要是用新鮮的棠梨會更好吃。」何間特意解釋道。

幾杯酒水下肚，氣氛也逐漸開始熱鬧了起來，顧中凱開開心心說起了務城好吃的路邊攤。

何葉在心中記下了這些地方，盤算著等哪天聿懷樓給月休的時候，找機會去嚐一嚐。

「要說路邊攤，我最難忘的還是寬陽侯府旁邊的那個麵疙瘩，口感那叫一個綿密順滑。」顧中凱還在大抒己見，甚至還咂了咂嘴，似乎在回味著那麵疙瘩的味道。

「那個是滿好吃的。」何葉隨口接了一句。

「何姑娘，妳吃過？」顧中凱開口問道。

「嗯，吃過。」何葉的注意力都放在吃上，沒有注意到顧中凱正在努力給她挖坑。

「何姑娘，那位擺攤的大爺人是不是很好？那兒離聿懷樓也不近，妳怎麼發現的？」

何葉聽完這句話才反應過來，顧中凱似乎是在套她話。

何葉也坦坦蕩蕩。「大爺人挺好的，叫我下次還去，就這麼發現的，還能怎麼發現？」

說完，她悄悄看了眼江出雲，卻沒料到對方說：「我帶她去的。」

話音一落下，幾個人頓時都安靜了下來，眼神有意無意的都往何葉和江出雲的身上飄。

「嗯，我讓江公子給我推薦好吃的，江公子就帶我去了。」何葉一番假話說得面不改色心不跳，將眾人矇混了過去。

只有宋懷誠的臉色逐漸僵硬了起來，猛地一口乾了杯中的酒。

而顧中凱則是一臉玩味的看著江出雲，就他所知，江出雲可從來沒有那麼熱心，許多好吃的攤子還是江出雲被纏到煩了，才帶自己去的，甚至三令五申的警告他不要外傳，江出雲可不想在攤子上遇到哪家姑娘來「偶遇」。

何田還在那邊叫嚣。「我不能喝酒也就算了，姊，妳怎麼發現好吃的也不告訴我？」

「下次，下次帶你去。」何葉敷衍道。

「姊，妳可跟我約定好了，下次妳可不能一個人吃獨食。」

何間一拍何田的腦袋。「有完沒完？你姊自己賺錢，自己去吃點東西怎麼了？不像你，一點出息也沒有。」

何田又開始叫嚷著他爹偏心，宋懷誠則一個人喝著悶酒。

何間向顧中凱詢問麵疙瘩的配料，他一聽覺得其實不難，若是配上蛤蜊和豆角，利用蛤蜊的鹹鮮來增添麵疙瘩的美味會更好。

不過顧中凱也只能感嘆，這等美味街邊小吃不易做到，也只有另外訂製才能嚐到。

何葉想著也是，麵疙瘩這種食品，放在路邊攤和小飯館都正合適，若是放到聿懷樓這種大酒樓，難免會顯得有點突兀。

宋懷誠一杯接一杯喝著悶酒，被一旁的何間注意到了。「小宋，別一個人喝，大家一起喝才不容易醉。」

但何葉看著宋懷誠脹紅的臉色，知道宋懷誠其實就是傳聞中的一杯倒，在一旁勸道：「爹，算了，讓宋大哥少喝點。」

卻沒想到宋懷誠直接拒絕了何葉的好意。「不，我能喝，讓我喝！」說完，又悶了一杯下去。

何間也知道宋懷誠心情不佳，畢竟之前求親的事情，因為顧中凱和江出雲的到來而中斷了，但何葉仍被蒙在鼓裡，何間也不願重新挑起話頭，決定還是找個另外的時間再說。

不出意料，宋懷誠喝得不省人事，趴在桌上一直咕噥著。

「宋大哥，你還好嗎？」何田拍著宋懷誠的肩膀問道。

宋懷誠抓過何田的手。「何姑娘……」

何田也是一驚，嘴巴瞬間張大得能吞下整顆雞蛋，看看周圍的人似乎也沒聽到這一句，他繼續拍拍宋懷誠。「宋大哥，醒醒。」

「我沒醉！」宋懷誠一把打開了何田的手，扶著桌沿站了起來，踉蹌著往門口走去。

「哎，小宋。」何間叫著宋懷誠，趕緊追了上去，並叫著何田一起幫忙，將宋懷誠送回家。

好好的一頓飯也就不了了之，顧中凱見狀，便要告辭，免得回去晚了，家裡長輩還要嘮叨。

顧中凱一走，江出雲也沒有理由再留下。

何葉只能將顧中凱和江出雲送到門口，目送兩人的背影漸漸走遠才關上門。

兩人走到巷口，顧中凱問江出雲。「聽到了嗎？剛才宋懷誠喝醉的時候喊的名字。」

江出雲點了點頭。

「你說宋懷誠這麼恪守禮數的一個人，喝醉酒了就變了另一個人……何姑娘和宋懷誠的事情，你怎麼看？」

「兒女情長的事，外人怎麼知道？」

「你敢說你對何姑娘沒一點心思？就你，我還不瞭解？你會有那個耐心陪姑娘吃飯？」

江出雲橫了顧中凱一眼，顧中凱識相的閉上了嘴。

江出雲一回到家中，就被周婉的貼身婢女請到了聽風苑去。來到院子中，周婉正在廳裡等著江出雲的到來。

「娘。」

「哎，雲兒來了。」

「娘這麼晚找我有什麼事情？」

周婉猶豫了一下，還是決定直切主題。「雲兒，你也知道這科舉在即，這考試的事情……」

「娘，您放心，我會看著辦的。」

「你要記著近屏寺方丈說的話。」周婉語重心長的說道。

「我都記著。」江出雲點頭說道。

但周婉依舊十分不安。她其實也知道，當年聽了近屏寺方丈的話後，江出雲表面應承下來，實際上卻在暗自用功，所謂的低調，不過是為了讓她這個當娘的安下心來。

「你不要嫌娘煩，娘只是為了你好，不過你都這麼大了，也有自己的主意了，我只希望你能好好的。」

「娘，我都知道。」江出雲耐心地安撫周婉。

「那回去後早點睡。」周婉對著江出雲說。

江出雲提著燈籠，沿著迴廊一路走回了居住的院落，進了房裡，也沒有點燃桌上的蠟燭，就坐在一片黑暗之中，坐在椅子上，撐著額頭。

青浪突然從窗戶外躥了進來，躬身行禮。「主子，今日也一切正常。」

「明日我要去一趟近屏寺。」江出雲對著黑暗中說道。

「可要屬下陪同一起去？」

「不用，你在府裡就行。」

「是，屬下領命。」青浪說著，又從窗框躥了出去。

只剩下江出雲一個人，依舊待在漫無邊際的黑暗裡思索著。

近屏寺坐落於近屏山的山頂，都說為了考驗信眾的誠心，這才會建造在山頂。沒有路可以讓馬車和轎子上山，就算是聖上要來近屏寺上香，也需要走過這漫長的階梯。

江出雲一人信步上山的時候，周圍的人頻頻將目光悄悄投向江出雲，對氣質如此出眾的人難免多看了兩眼。

江出雲進了近屏寺的正門，爐鼎裡飄出裊裊的煙氣，他沒有進正殿，反而直接往禪房的方向走去。

還沒走到目的地，一位僧人就攔住江出雲，那人朝江出雲合掌一拜。「江施主，許久不見。」

江出雲還了一禮。「成安師父，久疏問候。」

「江施主可是來找方丈的？」成安師父單刀直入。

「是。」

「江施主來得不巧，方丈去江北參加法會了。」成安師父說道。

「本來還想請方丈答疑解惑，是江某來得不巧了。」

「不過，方丈走之前留下了四個字，讓我帶給江公子——隨心而為。」

「多謝成安師父，也替我多謝方丈，江某這就告辭了。」

成安卻叫住江出雲。「話我傳達到了，既然江施主都來了，不妨同成安一道吃一碗素麵。」

「那便多謝成安師父了。」

成安帶著江出雲往食堂走，想起了方丈那日對他說話的場景——

「成安，你說這人的命數都定好了，怎麼會說變就變了？」

「方丈在說什麼？」

「算算日子，江公子過不了多日就該來了，你跟他說，讓他隨心而為——他命裡出現了不可測的變數，或許我當年的批語都錯了。」

「方丈怎麼倒執著起命運來了？」

「你說得是，是我一時執迷不悟了，看來也該去靜修了，幫我修書一封，就說我將如約前往江北的法會。」

「是。」成安應下。

方丈說完又回到了蒲團開始打坐。

# 第十三章

科舉考試前幾日，何間特地做了不少的乾糧。原本想做肉夾饃，給宋懷誠頂餓，但思考再三後，決定給宋懷誠帶點白饃，另外準備了臘肉乾和酸豆角等不易壞的餡料給宋懷誠一起帶去，足夠他三天的吃食。

宋懷誠原本推說他自行準備就好，何間卻不同意，說外面買的遠不如家裡做的乾淨，一定要替他全部搭配好。

貢院的考試一考就是三天兩夜，三天只能待在狹小的房間裡，答題和吃飯都要在此處解決。

這三天的考試，無論是對平時嬌生慣養或者過著清寒日子的學子都是一種嚴峻的考驗，畢竟房間狹小，哪怕睡覺也只能蜷縮在堅硬的木板上。

何間硬是拖了何田和何葉一起將宋懷誠送到貢院門口，說人多能聚氣，有助於宋懷誠考試的發揮。

何葉心想，那不如煮兩個雞蛋，再配一根油條，做個一百分的造型。當然這是現代的小迷信，她也不能說出口，畢竟科舉考試也不是按百分制來評分。

這一日，貢院門口人群熙熙攘攘，有不少揹著包袱獨自前來的考生，也有像宋懷誠這樣眾人前來相送的。

何葉也久違的見到了付嫣嫣，一身的紅衣紅裙，在一眾學子中特別扎眼。「宋大哥，你一定要好好考，一定能高中的，我相信你。」

「多謝付姑娘。」

「宋大哥，你一定能給我們知巷增光添彩。」何田拉著宋懷誠的胳膊給他打氣。

「好了，好了，都別說了，小宋快進去吧。」何間作為在場唯一的長輩，打斷了眾人的期望和嘮叨，最後囑咐道：「別緊張，好好考。」

眾人目送著宋懷誠進了貢院，過了全身檢查那一關，消失在貢院的門後。

付嫣嫣還在拉著何葉說東說西，問何葉什麼時候有空，說要一起去逛街，何葉以聿懷樓的事情太忙婉拒了她。

這時，何葉注意到前方走來的江出雲和顧中凱，兩個人都沒有帶隨侍，各自提著一個食盒，揹著一個包袱。

「江公子、顧公子。」何葉和付嫣嫣朝兩人問好。

「何姑娘來送宋兄？」顧中凱殷勤的問道。

「嗯，我爹把我叫來的。」

「哦。」顧中凱這一聲哦別有意味，他突然好奇何葉是否知道宋懷誠準備上門提親的事情，但他還是把心思放回即將面對的科舉考試上。

「祝江公子和顧公子取得理想的名次。」何葉笑著對兩人說。

「何姑娘。」江出雲突然開了口。「妳覺得我們兩人能取得什麼名次？」

何葉面對突然的問題也是愣了一下。「這……我也不知道，但我想兩位公子都是名門望族出身，自然不會差到哪裡去。」

「如果不中呢？」

「那也沒關係，或許對江公子來說，人生不是只有科舉一條路，而且又不是只有今年這一次，來年再考便是。」

付嬤嬤則在一旁附和。「江公子和顧公子必定會取得佳績。」

江出雲聽著這些話，也沒做任何表示，只是點了點頭。

「那我們先走了。」顧中凱看看檢查處的人逐漸稀少，離開考的時間也越來越近，拉著江出雲往貢院門口走。

與何葉稍微拉開了一點距離，顧中凱悄聲問江出雲。「你想好了嗎？考得好，你娘失望；考得不好，你爹失望。」

和江出雲從小相識的顧中凱，自然知道江出雲當年跌落神壇的內情，這才有這麼一問。

江出雲緩緩點點頭。

「行，你決定了就行，我還擔心你猶豫不決。」顧中凱難得沒有刨根問柢。

負責檢查的官吏將江出雲和顧中凱的食盒打開，上下檢查過後，讓二人通行。江出雲進門之前，朝著何葉站的地方看了一眼，何葉沒有看向這裡，只是在和身邊的付嬤嬤說話。

江出雲和顧中凱離開後，付嬤嬤就拉著何葉談論著那兩人是如何的丰姿卓越，是多麼的英俊瀟灑。何葉左耳進右耳出，在思考江出雲剛才問她的問題，是不是有更深層次的涵義。

何葉搖搖頭，想著江出雲應該也就是隨口一問，她不能總把江出雲的話當成閱讀理解來做。

付嬤嬤還在一旁喋喋不休，何葉打斷她。「那個，我再不去聿懷樓要遲到了，妳不是還要去王家送豆腐嗎？」

付嬤嬤聽到工作的事情，原本見到顧中凱和江出雲的喜悅也蕩然無存，笑臉垮了下來。

「那我先回去了，等我有空再找妳。」付嬤嬤衝著何葉揮手告別。

到了聿懷樓的何葉，發現今日的生意格外蕭條，客人也沒幾桌。

廚房裡的眾人大多都圍在一起閒聊，話題離不開今天舉辦的科舉考試，紛紛預測聿懷樓的常客中能不能出現一、兩個未來的一品大員。

聿懷樓中只有錢掌櫃愁眉不展，坐在一旁長吁短嘆。眾人紛紛勸說，這兩日務城人的重點都放在科舉上，說不定都去貢院門口看熱鬧，看看今年被趕出來的作弊學子是誰家的。

何葉也安慰錢掌櫃，說之後科舉完放榜時，聿懷樓就要忙不過來，各種謝師宴和慶祝宴，到時候錢掌櫃就要叫苦不迭了，眾人一聽都笑著打趣錢掌櫃。

錢掌櫃最後艱難的作了個決定，今日讓大家都早點回家，只留下幾個廚子值班即可，身為廚房實習生的何葉自然也是在放假的名單內，而姜不凡則被留了下來。

聽著他人閒聊，何葉原本想著再去貢院門口看一眼，但想了想自她來務城後的迷路經歷，還是決定放棄。

當何葉踏進家門的那一剎那，天上倒下了瓢潑大雨，何葉趕緊跑進房間，看著屋簷上水珠成串的滴下來，她突然想到了今天參加科舉的貢院考生。

毫無預兆降下來的大雨，順著屋簷的弧度滴在眾多考生的房前，不少考生都將試卷往自己身前移了些許，生怕雨滴落到試卷上，將原本的墨跡化開。

江出雲支著頭，隔著雨幕看著眾多學子護著卷子，小心翼翼奮筆疾書的樣子，而他身前的宣紙還是一片空白，見不到一點墨跡。

天色日漸暗淡，外面也颳起了大風，雨點不斷往考生答卷的石板上噴濺，眾人不得不用硯臺等物品護住考卷。

又過了大約一個半時辰，考官鳴鑼收卷。

兩位考官撐著傘，依次將考生的卷子收到懷裡，避免將考卷淋濕，害得考生失去考試資格。

再一次的鳴鑼，代表今日的考試全部結束，眾人都長吁一口氣，看看周圍學子的面色，有的面帶得色，有的則是顯得失落至極，似是沒來得及寫完。

不少人都拿出了乾糧充飢，富貴人家的孩子甚至準備了人參來補充精力。

江出雲打開食盒，他食盒中的食物甚至比宋懷誠的還簡單點，一點小菜沒有，只有幾塊看著就讓人嘴巴發乾的餅，他也不挑，就著水壺中的水吃了起來。

原本周婉要給江出雲準備精緻的膳食，都被江出雲拒絕，說貢院萬事不便，一切從簡即可。

周婉知道江出雲決定的事情沒有轉圜的餘地，只能依其所言準備。

何間邊吃飯，邊聽著窗外的雨聲感嘆道：「今年科舉怎麼下這麼大的雨？苦了那些考生了。」

「爹，別擔心了，我相信宋大哥一定能取得好名次的，說不定今年狀元就是宋大哥。」何田故意說著誇張話，意圖逗他爹開心。

「你小子，就你會說話。」何間聽了這話也寬心了不少。「不過我操心也沒用，該考的還是要考。」

「就是，爹，你不如多給我幾個零花錢，我看點心坊新出的酥糖不錯。」何田拐著彎想從何間這裡要點零花錢。

「沒有，沒有，你爹現在不在聿懷樓上班，沒錢。」

「爹，你騙人，反正我可以讓我姊給我買。」

「你小子又欠揍是不是？你少去煩你姊，她在聿懷樓就已經夠累的了。」

何葉笑看父親和弟弟有一搭沒一搭鬥著嘴，卻被福姨接下來的一句話嚇得不輕。

「何師傅，我聽其他人說小宋找了媒婆去說親，你知道說的誰家的嗎？」

何間顯然也沒料到福姨會突然提到這茬事，想要岔開話題。「福姨，這沒根據的話可不能亂說。」

「這怎麼是亂說？我親耳聽隔壁王媒婆說的！你說，這提親對象會不會是付家姑娘？」

何間扒了兩口飯，掩飾他的慌亂。「不知道，沒聽說。」

「那你說會不會是我們家姑娘？」

聽福姨這麼一說，何葉嚇得差點一口氣沒喘上來，嗆住了，猛咳了兩聲，這才成功轉移了福姨的注意力。

「慢點吃，著什麼急啊？又沒人跟妳搶。」

何葉捧著水杯一邊灌水，一邊擺手，心裡卻是盤算著，她應該找個時間和父親聊一聊，她可不想只聽父母之命媒妁之言，稀裡糊塗地就披上嫁衣嫁人。

科舉考試結束當日，天上的太陽終於久違的露了臉，眾多考生踩著地上的水窪走出貢院。

此時，貢院門口已經停了不少的馬車來接學子回家。

宋懷誠踏出考場的那一剎那，抬手遮住刺眼的陽光，剛想回頭看一眼貢院，卻聽到有人在喊他。

「宋大哥！」何田從遠處等待的人群中奔了過來。

「宋大哥，你千萬別回頭看，我聽我們夫子說，回頭看了就會還要來考，夫子說他當年就這樣，考了好多回。」

若是何葉在此處，必定該說何田迷信了。
宋懷誠聽完，笑著摸摸何田的頭。
何田接著說道：「我爹說宋大哥這幾日都好辛苦，特地去市場上買了隻雞，要燉雞湯給你喝。」
「宋兄！」
宋懷誠背後傳來了顧中凱的聲音。
何田還拉著宋懷誠。
「宋大哥，你千萬別回頭，後面來的是顧公子和江公子。」
何田擔心宋懷誠回頭和顧中凱及江出雲說話，趕緊拖著宋懷誠往邊上走了幾步，邊走還唸唸有詞的找藉口。
「我們站邊上一點，就不擋道了。」
「哎，宋兄！」
顧中凱快步追上宋懷誠。
何田把宋懷誠拉到看不見貢院牌匾的地方才放開了他，顧中凱緊跟著兩人，好不容易才叫住了他。
「宋兄，走這麼急做什麼？」

「是我拉著宋大哥走的，不關宋大哥的事情。」何田替宋懷誠回答道。

「宋兄，我也沒別的事，就想問問你考得怎麼樣？」顧中凱依舊我行我素。

「感覺還好，都是平日看過的內容，那顧兄和江兄呢？」

「就這樣吧，我也就被家裡催著來見識一下。」顧中凱滿不在乎的說。

「江兄呢？」

「還行。」江出雲淡淡的說道。「不算難，紙也夠寫。」

宋懷誠看著一旁的何田已經多少等得有點不耐煩，就向顧中凱和江出雲告辭離去。

看著宋懷誠逐漸走遠，顧中凱詫異的問江出雲。「你答題了？我以為你會一個字不寫。」

「答了。」

「你怎麼寫的，講給我聽聽。」

江出雲瞥了顧中凱一眼。「亂寫的。」

「我不相信，你的性格絕不是那種做事胡亂做的，你一定認真答題了是不是？」顧中凱一說起話就停不下來。

「前幾天我去過近屏寺了。」江出雲突然拋出一句風馬牛不相及的話。

「你別想轉移話題。」顧中凱依舊不依不饒，但突然意會過來，頓時提高了音量。

「近屏寺的人說了什麼？」

「說讓我隨心而為。」江出雲露出了一個難得的微笑。

「所以？你認真答了？你有沒有想過如果你鋒芒畢露，命可能就沒了。」

顧中凱想起了小時候，一次他到寬陽侯府找江出雲請教課業，卻被周婉攔住，說江出雲教不了他，那個時候他還懵懵懂懂的頂撞周婉，說江出雲是學堂裡課業最好的，就連夫子都對江出雲讚不絕口。

過了一段時間，顧中凱才從自己的母親口中聽到了原因，但他那個時候也覺得不管江出雲是什麼樣的人，都是他的同窗好友。

「人生就一次，不試試怎麼知道？」

顧中凱還在回憶往昔，突然聽到了江出雲這一句話。

顧中凱想了想，覺得反正江出雲從小到大什麼事情都能做好，應該輪不到他來操心。

「那走吧，我們去聿懷樓吃飯。」顧中凱把包裹往身上一甩，說道。

「你忘了？今天要回家吃飯。」

顧中凱一拍腦袋。

他真的把回家吃飯這件事拋之腦後，心裡只想著好不容易挨過了這兩天，應該慶祝一下，卻忘了他們兩人都要回家接受長輩的親切問候。

江出雲回到寬陽侯府，先回房間將所有東西收拾好，想著周婉應該已經在等他，便往聽風苑裡去。

「雲兒，怎麼過來了？直接去前廳不就好了。」周婉上下打量著江出雲。「這幾日可是辛苦了，待會兒多吃點好好補補。」

江出雲見周婉絕口不問他究竟考得如何，也猶豫著該怎麼開口。

「走吧，去前廳。」周婉率先站了起來，往門外走。

「娘，我有話跟您說。」

周婉卻逃避了兒子的眼神。「有什麼話吃完飯再說也一樣。」

「我這次假使得了名次，娘會怪我嗎？」

周婉像是提前預知了兒子的這番話，突然眼眶紅紅的說：「以前，我還能替你決定，可是你的人生應該自己走，這三天娘想了很久，你明明那麼喜歡讀書，瞞著我也一直悄悄的在學，我這個當娘的總是假裝看不見，說到底，是我不應該左右你的選擇。哪怕你當時歲數再小，你也有自己的想法。」

周婉伸出手，想要摸一摸江出雲的頭，手落在了空中，又收了回來。

周婉拿出手帕抹了抹眼眶。「好了，別說了，不管結果怎麼樣，現在科舉的事情都是定局了，先去吃飯吧，你奶奶吩咐廚房做了不少好菜。」

等到前廳的時候，江老夫人已經坐在上座等著眾人的到來。「雲兒，快來，這幾天日子不好過吧。」

「還好，讓奶奶擔心了。」

江老夫人拉過江出雲的手輕輕拍了拍。「來，嚐嚐我讓廚房特地做的爐焙雞。」

江出雲坐下，桌前被醋和醬油浸透的爐焙雞表面油亮，口感酥香。

這時江徵傑才攜著秦萍和江出硯姍姍來遲。

江徵傑開口就是酸言酸語。「狀元是指望不上了，你就給我混個進士的名聲，不要給家裡丟臉就行，不然說出去，寬陽侯府連面子都沒了！」

「侯爺，這不是還有硯兒嗎？硯兒日後定不會丟您的臉。」秦萍附和著。

江出雲的嘴角勾起一抹冷笑，他家這個弟弟讀書倒是還行，可是心思陰沈。至於這個姨娘，總是說話不過腦子。

兩人一唱一和，自然引起了江老夫人的不悅。「這都什麼話！有你這麼說自己兒子的嗎？都給我閉嘴吃飯。」

江出硯朝著江出雲說：「我娘向來心直口快，還請哥哥不要放在心上，我在這裡提前預祝哥哥考取功名。」
江出硯的幾句話說得滴水不漏，既替他母親開脫，還諷刺江出雲這個不學無術的「草包」，兩面三刀的功夫簡直修煉得爐火純青。
江出雲不甚在意。「既然秦姨娘向來說話不拘小節，那總該想好了再說，不然多得罪人，弟弟，你說是不是？」
江出硯原以為江出雲會如平時一樣，裝作不在意的樣子，沒想到卻被反將了一軍。
「先吃飯吧，菜都要涼了。」周婉看出了兄弟間的暗潮洶湧，出來打了個圓場。
不像寬陽侯府飯桌上演出來的兄弟相親，何家正熱熱鬧鬧的替宋懷誠慶祝著。
宋懷誠一進何家，就聞到了雞湯散發出的濃郁香味，他掃視了一圈，發現何葉並不在家。
何間看著宋懷誠呆立在門口。「小宋，傻站著幹麼？快進來吃飯。」
「何叔，何姑娘還沒回來嗎？」
「哦，她呀，今天不是考完了嗎，聿懷樓應該正忙著，都是慶祝的，她一時半會兒是回不來的，你看隔壁不凡也沒回來。」何間回答道。「小宋來正好，待會兒吃好飯我有話跟你說。」
「好。」

桌上的雞湯泛著金黃色的油光，福姨給一人盛了一小碗，湯裡的青菜和香菇充分吸收了雞的鮮香味，令人滿足，眾人熱熱鬧鬧的吃了一頓飯。

等何葉捶著肩頸，推門回家的時候，就看到何田和福姨兩個人一起趴在何間的門口，扒著門在偷聽。

何葉剛打算開口問他們兩人在做什麼的時候，福姨轉過頭衝何葉作了個噤聲的手勢。

何葉伸了個懶腰，並沒有太多好奇，反正何田作為小喇叭，一定會宣傳給她聽。

房裡，何間正拉著宋懷誠說話。

「小宋啊！」

何間手掌來回摩挲著大腿，想著如何開口才不至於下了宋懷誠的面子。「之前說的那件事啊……」

「何叔，那件事是不是我唐突了？」宋懷誠轉過身問道。

「那個啊……其實是這樣的，何葉她啊，你也知道，我向來是捧在手心裡的，我也不是不同意，只是她自從之前風寒好了之後，就自己特別有主意，你知道吧？你看到聿懷樓當學徒的事情，我這個當爹的也攔不住她……」

「何叔，若是我這次高中，定不會讓何姑娘受苦的，也不會讓她在外操勞奔波的。」宋懷誠說道。

「我不是這個意思，小宋，我不是不相信你。」何間長嘆了口氣。「我的意思是，你有問過何葉的心思嗎？她是否願意嫁給你？」

「這……」宋懷誠思慮了一瞬。「是我疏忽了，要是何姑娘回來了，我定然會去問清她的心意。」

「小宋，我也不是嫌你，你不妨等科舉放榜了再說。」何間說道。

「待我做了官之後，定不會忘記何家的恩情的。」

「那沒事就早點回去休息吧，這考了三天也怪累的。」

宋懷誠向何間告辭，拉開門的時候，門外的福姨和何田立刻站直起來，茫然四顧。

「小宋要回去了？」福姨尷尬的問道。

「嗯，回去了，多謝福姨照顧了。」

「沒事，沒事，這左鄰右舍都這麼多年了，客氣什麼？」

待宋懷誠走出房門，何田立刻拉著福姨說：「福姨，妳聽到什麼了嗎？我一個字都沒聽見。」

「你小孩都聽不見，我年紀大了，耳朵不好，更聽不見了。」

何田想了想，跑到何葉的房間，將宋懷誠和爹密談的事情轉達給何葉，問何葉能否猜出是何事。

何葉心裡雖然有個模糊的概念，但是並不能確定，只能對弟弟說她也不清楚，內心暗自決定明天一定要去找何間聊一聊。

何田只能一臉失望的離開。

# 第十四章

第二天，何葉特地早起，將福姨前兩日做的棗餑餑給蒸上，為的就是找個機會和何間談一談。

何葉看著白麵饅頭上鑲嵌著呈「十」字形的紅棗，突然冒出了個無鼇頭的想像，每個紅棗連成的軌跡就像是一隻隻在攀登頂峰的小烏龜，不由得就笑了。

何間一起床就看到何葉在灶臺邊忙碌著，將流著油的鹹鴨蛋裝盤，再將姜不凡送來的泡菜從罈裡盛出到盤子裡。

「這麼早就起了，可是聿懷樓有什麼事情？」何間看著忙碌的何葉問道。

「沒什麼事情，就是有話跟爹說。」何葉說著話，手上也不閒，將棗餑餑連盆從鍋裡撈了起來。

何間幫著何葉將早飯都端上桌，兩人坐在桌邊。「說吧，有什麼話要跟我說，可是覺得聿懷樓工作太苦了，不想幹了？」

「不是。」何葉沒想到何間會往這個方面想，只能先委婉的問：「爹，您什麼時候回聿懷樓？」

「還沒想好，過段時間吧，再看看妳弟書讀得怎麼樣？葉子，妳就想問這個？」

「沒有，那個……爹，宋大哥昨晚跟你說什麼了？可是科舉的事情？」何葉故意試探道。

「哦，妳說小宋啊，沒什麼大事，就是找我談談心，談談心，對，就是這樣。」

何間說話的時候，眼神飄忽不定，還不斷反覆強調，明眼人都能看出何間並不擅長說謊。

「他可是上門來求親的？」何葉單刀直入，直切重心。

「妳怎麼知道？是小宋和妳說了？」何間瞬間瞪大了雙眼。

果然不出何葉所料，宋懷誠果然是來求親的，但想著事已至此，她再躲也沒有用，只能問何間他是怎麼說的。

何間將昨晚的對話複述給了何葉聽，何葉提著的心才放下來一半。

「葉子啊，其實我覺得小宋人也挺可靠的，妳要不考慮考慮？爹也不是逼妳，畢竟這榜也沒放，也不知道小宋考得如何。」

「爹，這事情我不會答應的。」何葉語氣堅定。

「這八字沒一撇的事情。」何間也不願和何葉因為這件事起爭執。「這棗餑餑要涼了，快點吃吧，趁熱吃。」

何間拿起熱呼呼的棗餑餑就往何葉手裡塞，何葉看著何間的態度，只能把原本想說的話全部和著棗餑餑嚥回了肚子裡。

何葉想著，此事她姑且算是知道了父親的想法，慶幸的是父親並沒有堅決要把自己嫁給宋懷誠，只是還在猶豫。面對這種情況，何葉也只能抱著走一步算一步的心態。

金碧輝煌的宮殿中，禮部尚書趙正德手持笏板，向皇上上報此次科舉的狀況。

趙正德畢恭畢敬的說道：「啟稟皇上，此次科舉各縣市參加的學子共十五萬餘人，預計錄取二百餘人，目前試卷正從各個省市發往務城。」

坐在高位的皇上從奏摺中抬起頭，一張國字臉不怒自威。「此次，朕不想聽到再有考卷於押送途中被掉包之類的情事發生。」

趙正德一聽，立刻跪在了冰冷的地上。「回皇上話，此次運送途中禮部已經聯合兵部加派護衛人手，必定杜絕科舉舞弊這一現象。」

「愛卿不必緊張，起來回話。」

趙正德這才顫顫巍巍的從地板上爬了起來。

「朕沒記錯的話，兵部尚書的兒子叫顧什麼？是不是也參加了此次科舉？」

皇上話音剛落，趙正德的腿又差點要往下跪，暗自鎮定了一下。「是叫顧中凱，就在務城貢院參加科舉考試。」

「這次寬陽侯府那個小子是不是也參加了考試？」

「是。不過請皇上放心，此次禮部定會不偏不倚，以公正公平的態度來為朝廷選拔人才。」趙正德沒想到皇上竟會問起特定的世家子弟，只能在此再度表明絕不會出現徇私舞弊的事情。

看著趙正德面對他的回答戰戰兢兢，皇上心裡跟明鏡似的。「沒什麼事情，你退下吧……等等！」

趙正德剛退後的腳又收了回來。「皇上，有何吩咐？」

「昱王的聿懷樓最近如何了？」

趙正德內心欲哭無淚，皇上怎麼就剛好逮著他問東問西？「回皇上的話，臣對於聿懷樓不甚瞭解。」

「哦？」皇上突然起了興致。「你平時不去那兒吃飯嗎？」

趙正德覺得他今天不好好回答這個問題，可能就無法完整的走出這座宮殿了，畢竟外界盛傳，聿懷樓的收入不是進的昱王私庫，而是進了國庫。

「臣近日忙於科舉等相關事務，整日都往返於禮部和家中，還未曾有時間去聿懷樓。」趙正德將話說得完完整整，態度極佳的表明自己白天黑夜都勤於工作，絲毫沒有放鬆。

皇上這才揮手讓趙正德退下。

趙正德走到殿外，總有一種劫後餘生的恍惚感，想著皇上問起聿懷樓，估計是為了科舉過後宴請新晉官員的筵席，不過聖意也不是自己能隨意揣度的。

他正準備打道回府，卻沒想到有道他極不願聽到的聲音叫住了他。

「趙尚書。」江徵傑朝著趙正德大步走來，身旁還有兵部尚書顧楠。

「侯爺、顧尚書。」趙正德衝著兩人拱手作揖。

「聽說這幾日趙尚書忙得連家都沒有回。」江徵傑一上來就對趙正德一番恭維。

「沒有，沒有，這也不知道是哪裡的傳言。」趙正德想著趁早抽身，畢竟還在殿外，他與這兩人的接觸勢必會傳到皇上的耳中。「兩位可是來找聖上？若是的話，不妨早早進去。」

「哎，趙尚書，別急著走。」顧楠開口說道。「我們二人特地在此處等你，若是趙尚書趕著去處理事務，我們不妨邊走邊說。」

顧楠伸手，示意讓趙正德先走，趙正德見這兩人專門就是守著他，避無可避，也只能迎難而上。

「不知道二位大人找我何事？」趙正德故意裝傻。

「明人不說暗話，大家都知道趙尚書負責此次科舉一事，今年我二人的犬子都參加了考試，不知道尚書大人可有耳聞。」

趙正德想著這江徵傑果然武夫性子，說話也不拐彎抹角，想著剛才聖上還在問這兩人的孩子考得如何，當然他並沒有傳話的心思。

「這是自然，畢竟兩位公子都是務城的傑出才俊，多少還是聽到一點風聲。」

江徵傑和顧楠兩人對視了一眼，顧楠開口說道：「既然趙尚書知道，那到時候放榜之前可否事先通融一下，告知我二人犬子的考試情況。我和侯爺斷無打算干涉禮部的運作，只是愛子心切，還望趙大人海涵。」

趙正德一聽，還以為兩人打算央著他看看家裡兩個孩子的考卷，正打算嚴正拒絕，卻沒想到這兩人只是為了提前探聽結果，也不是要求調換名次，看著同朝為官的情面上，趙正德也就鬆了口，答應下來。

聽到趙正德同意之後，顧楠和江徵傑這才放下心來各自回府。

此時的寬陽侯府中，江出雲的院子裡，顧中凱正圍著江出雲，慫恿對方一同出去遊玩。

顧中凱從騎馬打獵、玩蹴鞠、打馬球說到參加詩會，江出雲都無動於衷。

顧中凱說得口乾舌燥，想著院子裡也沒有其他人，不顧形象地將茶杯裡的水一飲而盡，把茶杯往石桌上一放。「這都考完了，你不跟我出去放放風嗎？這麼多你就沒一個心動的？拜託，好不容易從科舉中解放出來，你就跟我出去走走。」

江出雲依舊專注地看著手裡的書，不時還往後翻了一頁。

顧中凱見江出雲看得認真，湊過去看了一眼，發現全篇都是他靜下心來才看得下去的論道類的文章，悄悄在邊上搖了搖頭。

他思索著究竟怎樣的活動才能吸引江出雲的注意力，看到桌上放著的點心，突然來了主意。

「有了！這次你肯定會同意的。」顧中凱頓時激動不已。「我們去遊湖。」

江出雲終於從書中抬眼，給了顧中凱一個鄙視的眼神。

「你聽我說，我還沒說完。」顧中凱擔心他還沒說完，江出雲就拒絕自己，接著說道：「我們去吃藕，這都要入秋了，藕是最新鮮的時候了。」

「可以。」江出雲這次倒是很快就同意了下來。

顧中凱一臉得意。「我就知道，只要是關於吃的，你就會答應，果然沒錯！」

但顧中凱卻不知道江出雲此時的思緒早就飄到了韦懷樓，想著若是得到了最新鮮的藕，必定要送到韦懷樓做一桌全藕宴，品嚐藕最新鮮的風味，只不過不知道何師傅是否回到韦懷樓了。

一想到這件事的江出雲，突然起了身。

顧中凱被他突如其來的舉動驚到了。「哎，你做什麼去？」

「找人。」

熟知江出雲脾性的顧中凱只能趕緊追上去。

兩人一路沿街穿過大街小巷，直到再次站在了知巷的巷口，顧中凱才回過神來，發現目的地所在。

顧中凱抱怨，早知道來何師傅家，就應該去買點東西帶過來，但沒想到他們這次卻吃了閉門羹。

「難道何師傅已經回聿懷樓了？」顧中凱一個人咕噥著。

「江公子、顧公子。」何間提著菜籃，從遠處走了過來。

兩人向何間問好，何間這才趕緊開門，將兩人領進家門。

「何師傅，你家裡怎麼都沒人在？」顧中凱看了一圈，卻誰的身影都沒看見。

何間一邊在放東西，一邊看著他們回答道：「這不，我現在也不去聿懷樓，就讓福姨回老家待一陣子，看看孫子，反正家裡這些事我還應付得過來。」

「也是，何師傅，你打算何時回聿懷樓？」顧中凱問出了他最關心的問題。

「暫時沒這個打算，家裡那小子一點不省心，前兩天夫子還跟我告狀，說他上課睡覺，我又不能跟著他一起去私塾，真是愁得我頭髮都白了。」

「我看何田倒是個活潑好動的。」顧中凱打圓場。

「何師傅，可有考慮過讓何田去學武？」江出雲開了口。

「學武」兩個字彷彿觸及到何間的敏感神經，臉色一變再變，最終還是開了口。

「他喜歡也不能順著他，學武還是風險太大，我只希望他能平平安安的，畢竟我就這麼一個孩子。」

顧中凱從這番話裡解讀出了一番愛子心切，還想著何間大概嘴瓢，把「兒子」說成了「孩子」。

江出雲則是若有所思的看了何間一眼，想著大概何間也只是一時失神才會說錯。

閒扯了一陣，顧中凱終於想起了他們二人前來的目的。「何師傅，我們兩人要去湖邊採買新鮮的藕，到時候不知道可否麻煩何師傅。」

「平時受了兩位公子那麼多照顧，這點小事不算什麼。」何間爽快的答應下來。

準備去遊湖的當日，江出雲和顧中凱坐著馬車來到何家門口。

沒想到接到的人不是何間，而是何葉。

「何姑娘，何師傅呢？」顧中凱問道。

何葉只能將錢掌櫃一早就到她家來，就差把他們家門給敲出一個洞的事情告知了二人，表明她爹並非有意失約，實在是事情到了十萬火急的地步才會有這麼一齣。她不希望二人誤會她是別有目的故意接近他們，反正關於聿懷樓的事情，稍微一打聽就能清楚真假。

何葉想著早上她被拍門聲吵醒，出門的時候正看見何間開門，門一開，就見錢掌櫃急匆匆的拉著她爹就走了，嘴裡還說著這件事情非何間出馬不可。

結果，何間只來得及叮囑何葉一會兒江公子和顧公子要來，讓她別去聿懷樓，跟著這二人一同去湖邊，就消失在了家門口。

只剩下站在院子裡還沒睡醒的何葉一頭霧水，何間甚至沒告訴她去湖邊做什麼。

江出雲和顧中凱表示了理解，也不介意遊湖對象換了一個人，只是讓何葉先上馬車。

何葉坐到馬車裡，另外兩人上來了，江出雲坐到何葉的對面，何葉突然想起了上一次坐馬車時發生的糗事。

不過顧中凱對即將要去的流月湖作了一番介紹，立刻轉移了何葉的注意力。

流月湖坐落於務城東南面的山腳下，以「流月荷塘」而聞名，夏天泛舟湖上欣賞含苞待放的荷花，而到了秋冬，湖中大片的破敗枯荷則是另一番景緻。

何葉想著來到務城的這段時間，只想著安身立命的法子，卻從未有過片刻的閒暇，去得最遠的地方是貢院和寬陽侯府，這次倒不失為一個休息的絕佳機會。

從何家到流月湖需要一個時辰左右，顧中凱人雖然看著粗獷卻是個心細的，在車上準備了茶水點心。

趕著出門沒有吃早飯的何葉，吃了點酥類點心，稍微有點飽腹感，睡意就湧了上來，她在略微憋悶的車廂裡昏昏欲睡。

坐在何葉對面的江出雲，看著何葉的頭隨著馬車的搖晃東倒西歪，於是從身邊找了個腰墊，想要放到何葉的脖頸處，有個支撐點比較好睡。

江出雲稍稍比劃了下，發現手裡的腰墊似乎有點大，不太適合，四下尋找是否有可以讓何葉依靠的東西。

顧中凱一臉促狹的看著江出雲，想了想，拍了拍江出雲，指著何葉身邊的空位，示意江出雲坐過去，讓何葉的頭靠到他肩膀上。

江出雲無言的瞪了顧中凱一眼，就坐在對面，用手輕輕托住了何葉的頭。

何葉的頭這才安定了下來，江出雲凝神看著對面的人呼吸聲逐漸變重。

他第一次離這麼近，細細看清何葉的長相，以前他知道何葉長得清秀，卻從沒發現過她的眉形如柳葉般細長，小巧的鼻子也格外挺拔。

突然他發現，何葉長得與何間並不相像，何田與何葉的長相也不相似，反而記憶中有另外一個人的神韻與何葉十分雷同，只是他一時想不起。

顧中凱見江出雲盯著何葉看，也算看得癡了，在一旁偷笑之餘，想著從不拈花惹草的江兄也有即將落入情網的一天，只是不知道何葉對江出雲又是何種心思。

又過了大約半個時辰，馬車停在流月湖的船舶租賃處，提前到的小廝已將一切準備就緒。

何葉醒過來的時候，發現江出雲和顧中凱兩人都已下車，她第一時間摸了摸嘴角，暗自懊悔她怎麼不知不覺就睡著了，不過還好沒有睡到流口水的地步。

何葉掀開簾子下了車，入目所及就是一片湖光山色，而租來的可以容納五、六人的烏篷船也停在岸邊。

江出雲和顧中凱上了船，何葉也提著裙子緊隨其後。

上船的時候，江出雲突然回轉過身，伸出了衣袖，何葉怔愣了一瞬，雖顧忌著前面的顧中凱，但想著也不是第一次了，便大大方方抓住他的衣袖，穩穩上了船，走到船中才悄悄鬆開。

船夫見三人都已坐定，解開綁在岸邊的韁繩，用船槳在岸上一頂，船就順著力漂了出去。

遠方，荷葉影重重，他們的船朝著荷塘的方向划去。

「好久沒出來了，看著這等景緻，我都來了興致，聽我給你們作一首詩，你們來品評一下我的水準。」顧中凱依舊是一點也閒不下來。

「既然如此有興致，不妨你待會兒下去採藕。」

江出雲的一句話，瞬間把顧中凱的興致給扼殺了。

他一想到如果下去採藕就是滿身污泥，他為了出來遊玩新做的這一身錦袍也算是毀了，立刻就蔫了。

何葉轉過頭默默的笑了。

船漸漸駛近荷塘附近，原本翠綠的荷葉也都見了衰敗的姿態，一旁的泥塘裡，採藕人正駕著小舟忙碌不停，船上已經採上來滿滿的覆蓋著污泥的藕段。

「一會兒，我們就買這裡新摘下的藕，然後帶回去，吃一頓新鮮的。」顧中凱向何葉解釋道。

何葉點點頭，想著這採藕人在淤泥裡來來去去也是不易。

而在一旁一直默默無言的船夫，也不知道從哪裡變戲法般變出了枝蓮蓬給江出雲，說既然來了，讓他們不妨嚐嚐。

江出雲道了謝，接過蓮蓬，默默開始剝了起來，將蓮蓬掰開，取出裡面綠色果皮包裹著的蓮子，再將果皮去除，新鮮又飽滿的白色蓮子就出現在江出雲手中。
江出雲順手將剝出來的飽滿蓮子遞給了何葉，何葉以前見過擺攤賣蓮蓬的，也吃過煮成甜湯的蓮子，卻從未吃過新鮮蓮子，蓮子清甜，和燉煮過的鬆軟口感不同。
坐在兩人對面的顧中凱尋思著，江出雲應該不會給自己剝，只能拿起江出雲放在一旁的半個蓮蓬自力更生。
船夫看著這三人剝著蓮蓬也吃得樂在其中，默默調轉船頭，重新駛回岸邊。
到了岸邊，小廝早已經將採購好的藕洗淨準備好，等顧中凱和江出雲過目後再送回。
顧中凱看了一眼，便吩咐小廝把藕送回尚書府和寬陽侯府，只剩下一點，隨車帶回去。
江出雲在一旁對何葉說道：「何姑娘，走吧。」
何葉戀戀不捨的看了一眼遠處的景色，才轉頭上了車。
剛上車，顧中凱就厚臉皮的對何葉說：「何姑娘，原本何師傅說要做全藕宴的，但現在可能也不成了，我們現在送妳回去，改日再登門拜訪。」
何葉聽出了顧中凱話裡有話。「反正我爹說我今天不用去聿懷樓，你們不嫌棄的話，我做給你們吃。」

顧中凱也不推辭，一拍手道：「這可太好了！」
而一旁的江出雲不自覺的笑了。

# 第十五章

家裡的菜不多，何葉在回家之前讓馬車先往市場方向駛去。

下車前，顧中凱遞給何葉一個滿滿的荷包，何葉也不推託，有錢才能買肉，畢竟她出來時身上只帶了幾個銅板。

何葉在各個攤子採購了一番，收穫頗豐，回到馬車將菜籃交給小廝，讓他放到馬車底下的箱子中。

等到馬車停在知巷巷口，何葉一看家裡的門還鎖著，知道何間還未從聿懷樓回來。穿著一身新衣服的顧中凱吵著不讓小廝拿籃子裡的菜和藕，非要親力親為，卻又怕土弄髒新衣，將籃子拎得遠遠的，一邊朝著何家門口挪動。

何葉看不下去，提議幫他拎，卻被顧中凱一口回絕，並示意江出雲幫忙。

江出雲未曾給他一個眼神，直接走進何家。

徒留顧中凱一人，以保持平衡的姿勢，雙手拎著菜籃。若是此時其他家裡有人出來，想必顧中凱形象盡毀，第二天立刻成為務城的談資。

等顧中凱順利將菜籃放到灶臺邊，何葉立刻開始忙碌的準備工作，首先就是要將藕表皮上的污泥全部洗淨，削皮。

顧中凱裝模作樣的問何葉。「何姑娘，有什麼需要幫忙的嗎？」

何葉看了他一眼，指著一堆正浸在水中的藕說：「顧公子，你要去洗嗎？」

「不了不了，何姑娘，那個，你們家茶挺好喝的，也不知道何師傅從哪兒買的……」顧中凱邊說著邊往後挪了幾步，尷尬的笑著離開了，內心想著這何姑娘和江出雲對付人的方式還真是如出一轍。

何葉手上的動作未曾停下來，先泡發木耳，準備和藕片、蓮子一起做一個荷塘小炒。

接著浸泡糯米，畢竟說到藕，她能想到最有名的就是甜味的糯米藕。

處理藕的時候，何葉洗去污泥，去除淡黃色的表皮，露出粉嫩潔白的藕肉，她想著這藕是剛採的，也很新鮮，切了一小片試吃，吃到嘴裡是爽脆的口感，但比起炒過的藕，略微有點澀嘴。

「好吃嗎？」江出雲的聲音在何葉背後響起。

沒聽到腳步聲的何葉被嚇了一跳，隨即就鎮定下來。「你要嚐嚐嗎？」

見江出雲點了點頭，何葉切了一小片遞給他，江出雲接過，嚐了後給出評語。「還挺甜。」

想著不打擾何葉繼續燒菜，就走開了。

顧中凱坐在一旁看著兩人的互動，內心卻起了微小的波瀾，想著若是江出雲真看上了何姑娘，估計寬陽侯能被氣得昏過去。

何葉將藕切成厚片，再將藕片從中畫一刀，藕片最下方不切斷，塞入調制過的肉餡，放入麵糊中，下油鍋炸得金黃，炸藕盒便完成了。

除卻荷塘小炒和炸藕盒之外，何葉另外做了糖醋藕，一份放了辣，一份不放辣，姑且算是兩個菜，一桌的菜色彩繽紛，配上剛蒸好還冒著熱氣的米飯，更是令人欲罷不能。

顧中凱吃了一碗見底，嚷嚷著還要添飯，何葉剛準備起身去幫忙添飯，卻被江出雲攔住，接過了顧中凱手中的碗，還拿著他自己的碗一同去添了飯。

何葉對自己的手藝受到二人的肯定而感到喜悅，吃完飯，江出雲和顧中凱兩人都說想要幫忙洗碗，都被何葉給拒絕了，表示若真的要幫忙，不妨將浸泡好的糯米灌進藕孔中。

顧中凱看著白嫩的藕段，再沒有推託的藉口，只能和江出雲兩個人依照何葉所言，在藕孔塞滿糯米，再用竹籤將剛才切下的頭尾固定住，防止在燉煮的時候米從切口中漏出。

何間從聿懷樓回來，進門看見的就是這麼一幅詭異而又和諧的景象。

「江公子、顧公子，從流月湖回來了？」何間對著兩人問道。

江出雲微微頷首，算是對何間打了招呼。

「何師傅，可是從聿懷樓忙完回來了？」顧中凱問。

顧中凱還沒聽到何間的回答，就見何間對著何葉吼道：「何葉，怎麼能讓貴客做這些事？」

何葉聽到何間的聲音，趕緊在抹布上擦了擦手，跑了過來。「爹，那個……是我……」

「何師傅，不打緊，我們偶爾也體會一下生活。」江出雲攔住何葉的話頭，替她解了圍。「不知聿懷樓可有何急事？」

何間想著江出雲這麼說，應該也不會怪罪何葉失禮，反過來問：「兩位公子可是離放榜不遠了？」

「正是。」顧中凱略微思索了一下，回答道。

「今日昱王殿下來了聿懷樓。」何間停頓了一下繼續說道：「聖上讓聿懷樓籌備這次新晉學子的宴席。」

「這是好事啊，這聿懷樓之後的名聲還能更上一層，何師傅為何愁眉不展的？」顧中凱不解。

「這皇家宴席也不是聿懷樓帶兩個廚子進宮說辦就辦，萬一出了差錯，哪是我們擔得起的責任？」

何間在被錢掌櫃拉去聿懷樓的路上，一聽到這件事情瞬間就悲觀起來。

「可是何師傅，您當年不就是給聖上做了菜才出名的嗎？」顧中凱問出何葉心中的疑問。

「這當年也是巧，遇到皇上微服私訪。當時，我也不知道那是皇上，那客人把我叫過去，我看對方衣著華貴、氣度不凡，只以為是哪家貴人。直到皇上回宮後，對某位大臣多說了一嘴，那位大臣摸了過來，一傳十，十傳百，這才傳開了。」何間將當年的事情一口氣全說了出來。

原本還想聽何間說當年往事的何葉，突然想起爐上燉著為晚上準備的蓮藕排骨湯，只能趕緊重新回到灶臺邊。

想著剛才看到江出雲和顧中凱灌好的糯米還有多餘的，買藕又送了不少荷葉，覺得晚上可以再做一道荷葉糯米飯，只是遺憾剛才沒有買雞肉，只能用排骨湊合。

一旁的對話還在繼續，江出雲安慰道：「何師傅放寬心，聖上金口一開，也無收回的餘地，多做些準備就是。」

「除了這些，還有這聿懷樓的人手也不夠，若是提前準備宴席，宮裡肯定派人來監督，這聿懷樓的生意……」何間依舊在操心著各項事情。

「何師傅，既然錢掌櫃請你幹這個活，自然有了萬全的考量，不必何師傅擔心，何師傅只要認真準備食單就好。」

江出雲這一番話可謂十分直接了，直說何間操心太多，實際上只要做好他廚師的工作就萬事大吉。

何間聽了江出雲的一番話也是茅塞頓開，終於明白過來，如果擔心失誤發生，不妨直接避免失誤。

只是何間覺得被涉世未深的年輕人開導，多少有點被下面子，便藉口說看看何葉在如何折騰，逃一般的走到了灶臺邊。

「爹，你們聊完了？」何葉好奇地問。

「嗯。」何間敷衍的回答。「這是在做什麼？」

何葉將想法一一闡述一遍，何間彷彿考官般滿意的點了點頭，思考了下或許這次的御宴可以讓何葉一同前去，如果何葉之後堅持走廚師這條道路，也算給她未來鋪路。

與此同時，皇宮中，昱王同禮部尚書趙正德正在接受皇上的詢問。

「可是都安排好了？」

「回父皇的話，已經在聿懷樓吩咐下了。」

「行，那這次宴席你多擔待點，還有那些忌口的記得避免，這些個大臣嘴是一個比一個挑。」皇上略帶不滿的說道。

而站在一旁的趙正德，作為皇上口中的大臣，此時只能低頭不語，但他的存在當然不會被皇上忽視。

「趙愛卿，朕記得你是不是有忌口？」

被皇上點到名的趙正德內心一個哆嗦，猶豫著開了口。「承蒙皇上厚愛，還記得臣的忌口，臣的確不吃香菜。」

皇上聽完，頓時大笑著對昱王說道：「看我說什麼，這裡就有一個，你可記住了，到時候聿懷樓的食單裡可別安排香菜。」

「兒臣記下了。」昱王回話。

趙正德在一旁誠惶誠恐，他究竟何德何能，讓皇上和昱王記下他這微小的厭惡，哪怕皇上現在當場端上一盆香菜來，命令他吃，他也會含淚吃下去，畢竟君命不可違。

但好在皇上還是問到了正題。「這次的科舉可能按時放榜？」

「回聖上的話，各位考官正在加緊批閱，等名單一出，會立刻快馬加鞭從禮部送進宮，給聖上過目。」

「對了，江家這小子最近可還往你的聿懷樓跑？」皇上問道。

趙正德想著還好這次昱王殿下與他同在，不然他又要面對令人頭皮發麻的問題。

「聽掌櫃說，最近倒是不常來，但去何師傅家去得勤快。」

「可是這次進宮掌勺的那個師傅？」皇上問道。

「是，最近那何師傅的女兒似乎也在聿懷樓做事，倒也頗得何師傅真傳。」

昱王與皇上閒話家常般的對話，聽得一旁的趙正德猶豫著自己是否應該先行告退，免得影響兩人的父子敘話。

但一提到廚師的女兒，皇上也頓時興致缺缺，表示乏了，令二人告退。

出了殿門，昱王衝著趙正德一拱手說：「趙尚書，此次宴席還需要禮部多多從旁協助，麻煩趙大人多操心了。」

「昱王殿下哪裡的話？這都是禮部應該做的。」趙正德還了一禮。

看著昱王離去的背影，趙正德想著這等人物，竟然會只關心酒樓營收這類瑣事。他甩了甩頭，這皇家的事情也不是他一個小小官員能摻和的。

何田回家的時候，看到的是裊裊炊煙從家中的煙囪飄了出來。走到家門口，飯菜的香氣更是竄入鼻腔。

「爹，你燒了什麼好吃的？」推開門的何田大喊道，可看到江出雲和顧中凱在，只能將其他話吞下去，乖乖向兩人打招呼，心中腹誹著這兩人來他們家的次數未免太頻繁了。

原本何田想問他爹今天是不是有肉吃，但想著有客人在，總不至於吃得太差。不想和江出雲和顧中凱待在一起的何田，跑到灶臺邊東張西望，何間嫌他礙手礙腳，便問他今天在私塾學的課業。

何田咕噥著。「爹，我跟你說了，你也未必聽得懂。」

不料何間將何田的話聽得一清二楚，怒吼一聲。「反了你小子！我看平時就是給你吃太多，你就是吃飽了撐的，才有這個膽量頂撞你爹！」

何間四下看了看，拿起了擀麵杖就要去打何田，何田嚇得就往江出雲和顧中凱身後躲，邊躲還邊叫著饒命。

舉著擀麵杖衝到兩人面前的何間這才意識到他的失禮，只能向二人陪笑。「真是讓兩位公子見笑了。」

說著放下手裡的擀麵杖，對何田招手，讓他從兩人的身後出來。「你既然不願與爹說，那你便與兩位公子說說，這兩位公子都是有學識之人。」

「哦，對了，爹，這麼多菜，要我去請宋大哥嗎？」何田故意岔開話題，蠢蠢欲動想要溜出去。

「今天沒準備太多菜，宋大哥來了，可能不夠吃。」何葉端著蓮藕排骨湯上來，說道。

「哦，好。」何田因為何葉的話，只能被拘在原地。

何間一聽何葉這話便知道，女兒是打定主意要躲著宋懷誠，內心替宋懷誠微微惋惜了一下。

看著何田略微沮喪的樣子，何葉便拉了何田去看還沒出爐的糯米藕，何田的興致這才回來一點。

何葉從鍋裡拿出糯米藕，整根藕外表已染上了紅褐色，但她擔心的是藕切片之後的顏色。

果不其然，去除竹籤，取下固定的頭尾，發現紅糖的顏色未曾全部滲透進藕內部。何葉想著許是熬煮的時間還不夠久，但也沒辦法了，只能將切好的糯米藕擺盤裝好，澆上濃稠的糖漿來增加顏色。完成了全部的工序，何葉才想起，她應該在集市上找找有沒有做好的桂花糖漿，那才是糯米藕的絕佳搭配。

何葉將糯米藕端上桌，獲得顧中凱和江出雲的一致誇讚。

何家喧鬧的人聲自然也傳到了知巷裡。

吃完飯準備去朋友家還書的宋懷誠，路過巷口時聽著門內的歡笑聲，一下就聽出了顧中凱和江出雲的聲音。

他猶豫著要不要推門進去，最終只是默默的站了一會兒，便轉身離開了。

兩餐全藕宴吃得江出雲和顧中凱心滿意足，臨走前，何葉將餘下的糯米藕給二人裝到食盒裡。

顧中凱笑著說：「何姑娘，妳這樣我們怎麼好意思？又吃又拿的。」

何葉也知道顧中凱只是禮節性的客套。「這食材錢可都是顧公子出的，不是嗎？」

江出雲直接將顧中凱其他的話截了下來。「今日多謝何師傅和何姑娘款待了。」

何間和何葉只將江出雲和顧中凱送到巷口，便回去了，畢竟家裡還有一堆鍋碗瓢盆等著收拾。

顧中凱提著食盒晃晃悠悠地走著，江出雲出言提醒。「你小心食盒裡的藕。」

「你是不是擔心我辜負了何姑娘的一番苦心？」顧中凱揶揄的說。「你放心，我這點分寸還是有的。」

江出雲便不再多言。

回到寬陽侯府，江出雲提著食盒往周婉的聽風苑去。

原本想著交給周婉身邊的婢女就離開的他，看著聽風苑裡燭火通明，直接推門走了進去。

周婉正拿著繡繃對著燈在繡花，見江出雲來了，便放下來。

「怎麼這個時辰來了，不早點休息？」周婉多少帶著點責備的語氣。

「娘不也沒睡？給娘帶了點糖藕過來。」周婉示意身邊婢女接過，放到小廚房去。

「娘年紀大了，覺也少了，和你們這些年輕人怎麼一樣？」周婉笑著說。「對了，可是沒幾日就要放榜了？」

「是，娘不用擔心，會有人第一時間通知您的。」江出雲好言說道。

「不要嫌娘嘮叨，年紀大了，容易忘事。」

藉著搖曳的燭光，江出雲發現了周婉梳得緊繃的髮髻裡隱藏著銀髮，又和周婉默默坐了一會兒，便藉口說出門遊玩乏了，要早點回去休息。

提著燈籠走在昏暗的迴廊上，江出雲心中不無悵然。

母親在家裡要掌管整個家的大小事務，在他面前從來沒有抱怨過一句。就連當年因為他的事情，和父親吵架不斷的日子，他能看到的都是母親的笑容。

他一直以為安排青浪保護母親就是最正確的決定，但這麼長時間以來，卻因為他的心結而對母親疏於陪伴。

何家院子裡，何葉正蹲著和何田一起洗碗。

「姊，妳是不是對宋大哥有什麼意見？還是宋大哥哪裡得罪妳了？我替妳去說他。」何田義憤填膺的說道。

「你為何這麼說？」何葉沒想到何田會沒頭沒腦的發問。

「我發現姊妳騙我，妳給那兩個公子帶回去糯米藕，排骨湯也還有，卻為何不叫宋大哥來吃飯？」

何葉也沒想到，為了躲著宋懷誠的藉口，被何田無情的戳穿。「就是不想見他。」

「姊，可是我覺得宋大哥……那個詞婉轉一點怎麼說來著？」何田偏頭思索了一會兒。「心悅於妳，哎呀，簡單來說就是我覺得宋大哥喜歡妳。」

聽著何田一股腦兒說的話，何葉沒想到他竟如此敏銳。「那你說說，宋大哥如何心悅於我？」

「就是，宋大哥看妳的眼神跟看別人都不一樣，還有他上次喝醉的時候拉著我喊妳，妳大概都不知道。」何田似是在替宋懷誠抱不平。「姊，我覺得宋大哥人挺好的，妳怎麼想的？」

何葉沈默了一會兒。「我沒有想法，我就想好好攢錢給我們換間大房子。」

「姊，妳也太沒出息了，萬一宋大哥這次中個狀元、探花，那妳就是狀元夫人、探花夫人，這多風光，妳嫁給他多光宗耀祖，我可不想隔壁的付嫣嫣把這個稱號搶了去。」何田似乎已經開始憧憬著未來的美好生活。

被不知道何時開始聽著兩人聊天的何間敲了敲頭。「你這小子，幹活也不好好幹，就知道聊天，整天腦子裡都裝著些什麼亂七八糟的？」

何葉見何田和何間父子二人的追逐大戰又將一觸即發，立刻表示她馬上就洗好了，讓何田趕緊回房間溫習功課，何田這才灰溜溜的走了。

何間看著何葉蹲在地上洗碗的背影，想著何田那番話，何田都能懂的道理何葉又豈會不懂？他這個女兒有自個兒的想法，何間只能將勸說的話藏回了心裡。

禮部的府衙中，眾位官員正在忙著分拆試卷，其中兩人還在輕聲抱怨著。

「你說這審閱卷子都夠累的，這拆點卷子也不是人做的。」

「你說趙尚書做什麼不交給下面的小廝，非要我們來拆。」

「說是小廝毛手毛腳的，萬一封條拆壞了，就毀了人家的一生。」

「不過我們也沒得抱怨，趙尚書也是陪我們一起拆。」

一旁的同僚推了推說話的人。「別說了，趙尚書來了。」

兩人瞬間沒了聲音，屋裡只剩沙沙沙拆封條的聲音。

「眾位大人都辛苦了，不如今天就到這裡，明日再來吧。」

眾人連稱不敢當，說最辛苦的還是趙尚書，眾人又以官場的禮節互相奉承了一番，才各自離開。

趙正德見眾人都回了家，他也不再久留，就在他準備吹滅蠟燭時，餘光卻瞥到了桌上的一份試卷。

業朝的科舉評分標準分為「甲乙丙」三個等級，而三個等級中又分為「上中下」，由三位考官共同閱卷，給出三個成績，再由總考官綜合三個評分，給出最終成績。

趙正德手裡的這份試卷，評定的等級相差極大，三位評審分別給出了甲上、甲下和丙下，而最終的等第則是甲上，並批語此人可成大材。

趙正德通讀了那篇策論才發現，雖然文章不算長，但勝在言簡意賅且條理清晰，對相關政策的弊處也毫不諱言，難免惹怒那些老學究，才有了三個迥異的成績。

另一份卷子清一色的甲中，雖然策論寫得工整，但總是缺少了點靈氣。

再看兩份試卷的名字，趙正德先是倒吸了一口涼氣，他未曾想到江出雲的名字會出現在甲上的卷子上，但想起了此人小時天賦異稟的傳言，旋即便放下了心，不然他總擔心這裡面是否出了貓膩。

另一份卷子上則是宋懷誠的名字，趙正德對此人素有耳聞，聽說是清貧子弟，但在務城科考生中很有名望，不少人都願向他請教學問。

只不過，趙正德想著到時候等名單全部排列出來，也不知道府衙中人會做如何反應，等呈到皇上那處，他應該又要面對艱難的問詢。

到了放榜當日，想來那些科考生間又會有一番動盪。

趙正德吹熄了桌上放的蠟燭，鎖了門，走進了濃濃的夜色之中。

# 第十六章

自從御宴一事交到聿懷樓之後，何間又回到聿懷樓開始忙碌的工作。

但福姨還未從老家回來，何田表示他可以自力更生。

雖然何間覺得何田沒有人約束定會無法無天，只能修書一封到福姨老家，請福姨盡快回來，在此之前也只能請左鄰右舍多加照顧。

何葉因著御宴的事情，也開始跟在何間身後不停忙碌著，只為敲定最後御宴的食單。

聽錢掌櫃說，敲定了食單，也依舊需要經過層層關卡，先要給昱王試菜，禮部的人過目，再將食單呈進皇宮，由皇宮中的膳食處定奪，膳食處過目後最終才會呈到皇上面前批閱。

而等到御宴當日，雖然由聿懷樓的廚師進宮掌勺，但膳食處的人依舊會從旁協助、監工。

聽完這些的何葉只能在心中暗自咂舌，想著皇家的規矩真是無比森嚴。

何葉看著錢掌櫃不知從何處拿出了一份泛黃的紙張，偷偷摸摸的對著何間和何葉說：「這是我從聿懷樓某個箱子裡找出來的，看著可以拿來當御宴食單的參考。」

何葉看著那張破舊的黃紙，紙上都已經有了破洞，許是保存不當，被蟲蛀的。

再看到食單上一個個菜名，何葉頭都大了，清一色全是葷菜——白切雞、香酥鴨、紅燒肉、煎帶魚，應該是某個大戶人家按需訂製的食單。

從何葉的現代角度來看，要是動不動就吃這些，許是沒多久就要因為三高去醫院報到了。

何間也看出這份食單不適合作為御宴食單，但為了不掃錢掌櫃的興，還是對錢掌櫃說：「錢掌櫃，你這幫了大忙，我拿著看看。」

「那就好，那就好。」錢掌櫃一臉滿足，吹著不成調的口哨離開廚房。

何葉又看了看那份被放置著的食單，還是提出了心中的疑問。「爹，這看來全是葷菜，就這梅花脯是什麼？」

「這梅花脯是秋季的菜，要將山栗和橄欖都切成薄片，放在一起吃，說能吃出梅花的味道。」

「這真的能吃出花的味道嗎？」何葉對這前所未聞的吃法無比好奇。

「妳自己試試就知道了。」何間似乎是被御宴的食單所困擾，頗為不耐。看著那份食單，還在喃喃的說：「這也太粗糙了，御宴還是要精細一點。」

說完話的何間又跑去找錢掌櫃，打算問一問這宴席食材可有限制，是能從野菜做到鮑參翅肚，還是只能從山珍海味做起。

抱著一籃子菜路過的姜不凡，見何葉若有所思的站在那兒。「想什麼呢？這麼入神？」

「在想御宴食單。對了，姜大哥，我爹沒讓你一起去嗎？」

「你爹跟我說了，被我拒絕了，就我這點水準，能在聿懷樓都是運氣好，去宮裡就算了，我這種五大三粗的人，就別進宮丟人現眼了。」

「姜大哥，你可不能這麼說，你也不看看，想吃你做的菜的人從聿懷樓排到知巷巷口。」

姜不凡聽著這誇張的說法也是笑了，不再跟何葉打趣，開始忙著今天的準備。

何葉這才想起，不知道何間會不會帶小廉一起前去，讓小廉見識一下這種大場面，畢竟看她爹的態度，多少也把小廉當聿懷樓未來的掌勺在培養。

想著想著，何葉又默默思索起御宴的食單。

聿懷樓的御宴準備工作正在如火如荼地進行，禮部這時候也沒閒著，忙完了科舉考試，立刻又要投入宴席的準備。

趙正德更是忙得腳不沾地，連他夫人逮著空都抱怨他，說都快忘記他的長相了。

直到禮部裡的衙吏將科舉考試的放榜名單全部排列出來，趙正德才難得的有空坐下來，率先看到眾人都期待的名單。

趙正德看著一甲三人的名字，自然心下了然，江出雲和宋懷誠的名字自然占了兩個席位，還有一人則是某位文官的兒子，趙正德不免感慨，宋懷誠這樣的寒門子弟能取得如此名次實屬不易。

他記得與寬陽侯和兵部尚書的約定，開始尋找顧中凱的名字，發現這名字處在二甲十名的地方，雖然算不上高，但有著顧楠的名頭護持，想必也不會分到苦差累差。

趙正德將其餘的名單粗略掃了一眼，就吩咐衙吏快馬加鞭將這份名單送到宮中。他坐在原位，想著不知道皇上看到這份名單會作何想法。

這份名單呈入宮門後，一路直達到皇帝的御案上。

皇上走到書桌邊上，問身旁的黃公公。「聽說科舉放榜的名單出來了？」

「回聖上的話，已經在您案上了。」

「讓朕看看今年是哪些學子。」

皇上一打開名單就笑了，對著身邊的黃公公說道：「江出雲這小子還真是出息啊，小時候看著就是個聰明的，這長大之後外面謠言漫天飛，朕都不信，你看這果然！」

「是，畢竟江公子是寬陽侯府培養出來的人才。」黃公公在一旁附和著。

皇上的笑容一下子消失不見了，似是想到令人不快的事情，對著黃公公說：「宣趙正德進宮見朕。」

趙正德得到皇上口諭，急忙進宮，想著皇上找他必然是為了放榜一事，只是不知道這次又有怎樣刁鑽的問題在等著他。

「臣趙正德參見皇上，吾皇萬歲……」

趙正德話還沒說完，就被皇上無情的打斷了，皇上將呈上的名單舉了起來，向趙正德示意了一下，隨即丟在了桌上。「說說吧，這名單是什麼情況？」

「臣愚鈍，不知聖上指的是什麼？」

「這排名怎麼排的？」

「回皇上，自然是按照成績排的。」趙正德將頭垂得極低，他也不知道在哪一步出了問題。

「這江出雲就考得這麼好？還有這宋懷誠是何人？」

「臣在各位考官看過試卷之後，也看過這兩位的試卷，成績確如名單所列，兩位皆是文采斐然，堪稱未來的棟梁之才。宋懷誠乃是寒門子弟，得如此名次實屬不易。」

皇上似乎在沈思著，突然間揮退黃公公，對著趙正德說道：「你覺得這個榜放出去，合適嗎？」

「臣認為，本次科舉各個環節都嚴加把控，自然不存在舞弊的問題。」趙正德回答說。

「但你覺得江出雲掛了那麼多年紈袴公子的名頭，突然拿了狀元，有多少人相信？」

「這……」趙正德突然猶豫著說：「莫不妨將江公子的試卷公佈於眾，來堵住各位學子的口？」

「你覺得能開此先例？一旦有一份卷子公諸於眾，必然會有其他學子不服，要求禮部公佈其他試卷，你覺得這是禮部能承擔的責任嗎？還是你們禮部太閒了？」

皇上驟然提高音量，趙正德立刻意識到自己似乎說錯了話，立刻跪倒在地上。「是臣思慮不周，還望聖上示下。」

「將名次改了，那個文官的兒子調到狀元，宋懷誠榜眼，江出雲探花。也算讓寒門學子知道科舉正是他們為國效力的好機會。」皇上又突然話鋒一轉。「另外該封的嘴都給朕封住了。」

趙正德將頭磕在倒映出他身姿的冰冷瓷磚上。「臣遵旨。」

他走出宮殿的時候，感受到身上的裡衣都已經全部被汗水浸濕，想著他還好沒有第一時間通知江徵傑和顧楠，不然這個窟窿，他是無論如何也補不上。

只是他也相信，江出雲無論是狀元還是探花這件事，都會像是一顆小石子投入平靜的水面，激起陣陣的漣漪。

回到禮部官衙的趙正德招來了手下的官吏，命他去重新書寫即將發往各地的榜單。

「這……」那人猶豫道。

「我也是剛從宮裡回來，你要是知道，就別問了。」趙正德疲憊地坐在椅子上嘆著氣。

「屬下明白了。」說完就告退了。

只剩下趙正德一個人長吁短嘆，在想著今天和皇上的對話，他怎會沒考慮到江出雲奪魁之後的種種情況。

寬陽侯府現在掌管禁軍，若是江出雲得了狀元，那麼侯府風頭將直逼鎮國將軍府，皇上對手握兵權的異姓侯還是多有忌憚。若是兩位武將都扶搖直上，他們這些文官又該如何自處。

趙正德想著科舉的事情忙完，立刻又要投入到御宴的準備中，也不免一個頭兩個大。

皇上想來應該也不會再更改名單，他還是找個機會，親自拜訪先前和自己打過招呼的顧楠與江徵傑。

趙正德直接往兵部去了一趟，暗中將顧中凱的名次告訴了顧楠。

顧楠對著趙正德更是千恩萬謝，說萬萬沒想到他兒子還能取得如此成績，一直以為他家那個浪蕩子這次只有落榜的結局。

顧楠拉著趙正德訴說了好一通顧中凱平日裡的頑劣行徑，趙正德心不在焉的聽著。

「對了，那侯爺家的江出雲考得如何？」顧楠終於想起了這一遭。

「挺好，是個探花。」

「哎，這等好事，應該及早告訴侯爺！走走走，趕緊告訴他，還能向他討杯酒喝喝。」顧楠拉著趙正德就出了兵部。

趙正德心想，若不是你拉著我說顧中凱的事，我現在可能就已經在寬陽侯府門口了。

但顧楠突然想起，他應該第一時間將自己兒子的消息分享給夫人聽，立刻向趙正德告辭，說改日有空定請他喝酒。

趙正德只能看著顧楠離去的背影，想著這人想一齣是一齣的性格，究竟是怎麼做到尚書的位置的。

待到趙正德前往寬陽侯府，江徵傑一聽來者的名字立刻出門迎接。

「趙尚書，來了？快進來！」江徵傑對著趙正德親切的說道，一扭頭就吩咐趕緊備茶招待貴客。

「侯爺，您也太客氣了。」

「來者是客，趙大人此番可是帶了消息來？」江徵傑迫不及待的問道。

趙正德想著，可能水還沒燒開，茶還沒奉上來，自己就已把話帶到，然後告辭了。

「正是。這名單皇上已經過目了，這就等著放榜了。」趙正德說道。

「那我家這……可是消息不好？」江徵傑急著從趙正德口中問出一個結果。

「好名次，是探花。」

聞言，江徵傑似乎只有一瞬的喜悅，隨即問道：「這狀元和榜眼都是何人？」

「侯爺不妨等放榜當日，就知道了。」

「趙大人，何必賣這個關子呢？我江某又不是口風不緊的人。」江徵傑依舊在催促著趙正德。

「告訴侯爺也無妨，狀元乃是成敬賢，成編修的兒子，這榜眼則是寒門學子宋懷誠。」趙正德將名次和盤托出。

聽著名單的江徵傑面色一變再變，趙正德也看不出對方的想法，想著任務已經圓滿完成，就起身告辭，江徵傑象徵性地將趙正德送到侯府門口。

趙正德人還沒走，江徵傑就差人去叫全家的人到正廳裡。

趙正德心想，剛才還說自己口風嚴，下一秒就巴不得昭告天下。他輕輕搖了搖頭，往府外走去。

寬陽侯府的眾人來到廳裡，都不知道發生了什麼事。

周婉一如既往，安靜地陪著江老夫人坐著，而秦萍和江出硯面面相覷，江出雲則是表現出了一副事不關己的姿態，斂目看著茶几上的茶杯。

還是江老夫人先開口詢問。「今日把我們大家都聚集在一起是為何事？」

「我探聽到了此次科舉的名單，我們雲兒得了探花。」江徵傑不鹹不淡的說。

江老夫人一聽，將手裡的枴杖往地上一敲。「這可是大好事，多麼光宗耀祖！」

其餘幾個人也看不出太興奮的樣子，周婉雖然笑著，但眉頭卻微微皺起，似是仍然有所擔心。

江出雲則是充耳不聞，彷彿得了探花的人不是他。

秦萍和江出硯則是對視了一眼，秦萍將手裡的帕子擰得看不出形狀，才開口假惺惺的說道：「恭喜侯爺和夫人了，大公子這次可真是揚眉吐氣了，也能趁此機會將外面那些謠傳全部澄清了。」

江出硯也學著母親秦萍的樣，拱手對著江出雲祝賀道：「恭喜哥哥了。」

江出雲依舊沒什麼反應，只是手上撫著茶蓋，手指一點一點，示意他聽到了。見江出雲沒有反應，江出硯一時僵在原地，沒想到對方竟會當著眾人的面，如此不給自己面子。

「硯兒祝賀你，你這個當哥哥的怎麼一點反應也沒有？」江徵傑看著江出雲那副滿不在乎的樣子瞬間來了氣。

江出雲想，這個時候父親也只想著江出硯，輕飄飄回答。「聽到了，就不謝了。」

江出硯覺得他像一拳打在了棉花上，一點勁也使不出。

「好了，好了，等正式放榜之後，一家人一起吃一頓飯慶祝。」江徵傑對這個簡短的家庭聚會做了一個結語，又對江出雲說：「你留下，爹有話跟你說。」

周婉扶著江老夫人率先走了，江出硯也跟在身後出去了，就發現秦萍還磨磨蹭蹭的沒走。

「娘，走了。」江出硯喊了秦萍一聲。

秦萍暗惱江出硯不爭氣，這才不情不願的跟了上去，原本她還想聽一下江徵傑打算和江出雲說什麼話。

偌大的廳裡只剩下江徵傑和江出雲兩人，江徵傑坐在上座，江出雲坐在一邊，依舊不開口。

「雲兒，你這次考得不錯，但是你怎麼不爭爭氣，拿下狀元呢？你看你還要被成編修的兒子壓下一頭，還有那個姓宋的寒門學子。」

江出雲終於抬眼看了一眼江徵傑。「堂堂侯爺的兒子還考不過一個編修的兒子，您是不是覺得面子過不去？」

「你這說的什麼話！你爹我是這種人嗎？」江徵傑生氣的說道。

「侯爺是不是這種人，您自己心裡最清楚。」江出雲對著江徵傑毫不留情的嘲諷。

「你說話少給我陰陽怪氣的，有話不能好好說嗎？」江徵傑對著江出雲說道：「爹也知道這幾年以來一直冷落你們母子倆了，都是爹不對，你給爹一個機會補償。」

江徵傑的臉龐上有著被歲月刻劃的痕跡，但漸漸地這張臉又和小時候責罵、欺騙自己的那張臉重合在一起。

「既然父親覺得兒子說話奇怪，那兒子就先告退了。」

也不等江徵傑反應過來，江出雲就退出了廳堂。

江徵傑握著拳敲了一下桌子，對江出雲的無禮十分羞惱。

秦萍回到院子裡，想著剛才的事，氣得想把桌上的杯子全掃在地上，卻被江出硯及時攔住。

「你攔我做什麼？」秦萍睨了兒子一眼。

「娘，您這動靜，要是傳到老夫人和大夫人耳朵裡，指不定她們怎麼想。」江出硯好言相勸。

「我管她們怎麼想，那老不死的就是跟那個周婉，什麼一丘之貉、沆瀣一氣，從來沒正眼看過我們母子。」秦萍氣得各種難聽的詞都往她們身上套。

「娘，您說話小聲一點，當心隔牆有耳。」江出硯無奈。

「怎麼？我還怕她們不成？當我們這麼多年寬陽侯府是白待的，連幾個下人都治不住？」秦萍說話間多少帶了點恨意。

「娘……」江出硯想要再勸，但想著秦萍現在在氣頭上，必定誰的話都聽不進去。只能拖了張圓凳子坐在一旁，看著秦萍一個人生悶氣。

秦萍卻突然轉過身來，用雙手抓住江出硯的臂膀，目光直視著他的眼睛，極其認真的說道：「兒子，你一定要出息，一定要比江出雲還要出息。」

秦萍的指甲在江出硯的臂膀上掐得生疼，他艱難的點了點頭。

而回到院子裡的江出雲，想著剛才和江徵傑的對話，也是一陣煩悶。

江徵傑還是和以前一樣，心裡只有侯府的名聲和面子，只擔心江出雲的名次會讓他在朝堂上掛不住臉面。

江出雲越想越煩，決定翻牆出去散心。

一路走著走著，無意間自然又走到他在務城最為熟悉的聿懷樓，頂樓的燈光已經熄滅，餘下幾層似乎還有人。

江出雲從正門走了進去，發現錢掌櫃正在櫃檯上噼哩啪啦的打著算盤算帳。

錢掌櫃一看到江出雲，便從櫃檯後走了出來。「江公子這個時間點怎麼來了？今日要盤貨，打烊得早。」

「沒事，我就晃到這裡來，沒打算來吃飯。」江出雲解釋道。

「那江公子自便，我繼續算帳。」

正打算離開的江出雲，想了想，還是往後廚走去。

錢掌櫃想著反正江出雲應該不至於給他添亂，也就由著他去了。

江出雲還沒踏進後廚，就看見何葉倚靠在灶臺上，正拿著刻刀對著根胡蘿蔔似乎在雕東西。

何葉注意到前面來了人，以為是錢掌櫃要來盤貨，想著她今天的刀工練習也差不多了，現在也不過是鬧著玩，要是打擾到他們，她就早點回去。畢竟何間擔心弟弟沒飯吃，早就回了。

但她沒想到來人會是江出雲，驚訝的問：「江公子，怎麼這個點來了？吃飯了嗎？」

江出雲沒回答她的問題，反而問她。「在刻什麼？」

「這個啊，我今天看到小廉拿胡蘿蔔雕兔子，覺得還挺好玩，就學他練練手，結果弄了個四不像。」

江出雲看著何葉舉給他看的胡蘿蔔，歪七扭八的樣子，連眼睛和耳朵都找不到在哪裡。為了維護何葉的自尊心，他還是說：「應該多練練就好了。」

何葉聽著這話，點點頭，果雕這件事還是得下了苦工才能成，不是她心血來潮能一蹴而就的。

她總覺得江出雲此時出現在這裡，多少有點不尋常，就和大年夜那天一樣，她現在也想不透那天江出雲為什麼會來她家。於是又問了一遍。「江公子，吃飯了嗎？」

看見江出雲搖搖頭，何葉看了看因為盤貨而空盪蕩的廚房，只在角落找到一把麵條。

「吃麵嗎？」何葉問江出雲。

「不挑。」江出雲回答道。

何葉將鍋裡盛滿了水，等著水燒開，將麵全部投入鍋中。

看著漂浮在鍋中的麵條，何葉突然想起當初在宿舍，深更半夜室友泡麵的香味，喃喃說：「要是有泡麵就好了。」

「泡麵是什麼？」江出雲耳朵靈敏，捕捉到了關鍵詞。

「就是一種快速麵，再加入調味的粉末，用滾水沖泡一會兒就能直接吃，有酸菜味的、紅燒味的，各種各樣的味道都有。」

「確實很稀奇。」江出雲說著。

說著，何葉露出了懷念的表情，想著以前的事情，陷入了沈思。

# 第十七章

「照相機是什麼？」江出雲突然出聲詢問。

何葉心裡本來就想著以前現代的事情，被江出雲的話嚇到了，一時不察，切著蔥的刀在手上劃開了個不大不小的口子，血瞬間就湧了出來。

「嘶——」何葉看著手上的口子，想著還好她爹不在，不然指不定罵她切菜的時候還三心二意。

何葉暗自懊悔自己粗心，按著手指止血，想著拿手帕包紮起來。

江出雲看著何葉艱難的從懷中掏出手帕，想要繫上，他猶豫了一下，從何葉手中拿過手帕。「我幫妳。」

何葉老老實實伸出手，感受到江出雲拿著帕子的手在自己的指尖來回摩擦，看著對方專注的樣子，一時也失了神。

「好了。」江出雲說道。

何葉低頭一看，沒想到江出雲還給她打了個蝴蝶結，原本以為只是簡單的包紮法，沒想到江出雲還有這麼有趣的一面。

鍋裡的麵條散發出陣陣熱氣，何葉再打入一個雞蛋，看著透明的蛋清逐漸變白，打算繼續切蔥，卻被江出雲制止了。

「我來吧。」江出雲說道。

「我手上沒大礙的，就一個小口子算不上什麼。」何葉說道。

何葉更擔心的是，江出雲看起來就是十指不沾陽春水的富家少爺，只是逞能而已，並不會切菜。

見江出雲堅持，何葉只能和他所站的位置對調了一下，卻沒想到江出雲的動作看起來還挺嫻熟，拿菜刀的姿勢正確，蔥段也切得長短均勻。

原來以前有段時間，江出雲被周婉拘在侯府裡，對他而言家裡最有趣的地方就是廚房，看著食材從原始的形狀變成餐桌上一道道佳餚。

家裡的廚娘也不避諱他是大少爺，總愛跟他說點有的沒的、家長裡短的事情。

江出雲從旁邊拿出兩個碗，將麵條撈起瀝乾，放入剛才何葉用沸水沖開的醬油湯中，最後再在麵條上撒上一把蔥。

江出雲將蛋比較多的那碗清湯麵推到何葉面前。「麵多了，一起吃。」

原本吃過晚飯的何葉，看著面前散發出陣陣香氣的清爽湯麵，不免有些嘴饞。

想著江出雲還沒吃飯。「我們換一碗，畢竟你沒吃飯。」

「沒事，都一樣，妳吃。」江出雲回答道。
何葉聽了江出雲的話，也卻之不恭。
一時間，偌大的廚房沒了聲音，只有何葉和江出雲就著清湯麵散發出的熱氣，吃麵的微弱聲響。
不知不覺，何葉一碗麵條都下了肚，她看了看剛才切傷的手，突然好奇起江出雲是怎麼知道照相機的。「江公子，你是怎麼知道照相機的？」
將麵湯也喝得一乾二淨的江出雲從碗裡抬起頭。「我不知道那是何物，除夕夜聽妳說的。」
「照相機就是一種機器，可以將當時的景物留存下來。」何葉兩手比七，用一手的大拇指和另一手的食指相接，對江出雲比了個長方形框的樣子。
何葉突然反應過來，她的動作似乎有點傻氣，收了手。「就像剛才那樣，將景色留存下來，可以儲存一輩子。」
何葉有點不確定，江出雲能不能理解她說的這些聽起來天馬行空的事物。
「有點像用畫畫來保存景色？」江出雲反問道。
何葉想了想。「可以這麼說，只不過照相機能完全復刻眼睛所看到的每一個細節。你不覺得奇怪嗎？有這種東西的存在。」

「天下之大，無奇不有，哪怕只是想像出來的東西，也有一天可能成真。」江出雲直視著何葉的眼睛，認真的說道。

她沒想到江出雲能夠接受這些聽起來光怪陸離的事物，要是跟其他人說這些，指不定把她當怪物，何葉不知不覺地打開了話匣子，從電影放映到手機可以打電話、處理往來的信件。

一旁油燈的火光忽明忽暗的搖曳著，江出雲靜靜聽著何葉說話，看著對面的人嘴唇一張一閉，描繪著另一個不可思議的世界。

直到在前面盤完貨的錢掌櫃見後廚還點著油燈，走進來才打斷兩人的對話。「江公子、何葉，你們還沒走？」

錢掌櫃看著二人面前的空碗，心下了然。「何葉，妳也別收拾了，明天再說吧，趕緊回去，天色晚了，妳爹該擔心了。」

「好，那我明天早上再來收拾。」何葉回答道。

「我送妳回去。」

「啊，不用了，我現在可比以前會認路了。」何葉笑著說。「不會迷路了。」

「我就當散步了。」江出雲說道。

月光溫柔的灑在青石板路上，兩人有一搭沒一搭閒聊著，走回知巷。

到了何家門口，何葉說道：「謝謝江公子，那我先進去了。」

「我才應該道謝，謝謝妳晚上的麵。」

何葉也不好意思的笑了。「我自己也吃了，就不用道謝了。」

「妳手上傷口注意不要沾水。」江出雲在何葉進門之前叮囑了一句。

「嗯，好。」

何葉才推門進去，一聽到聲響的何田就大喊著從屋裡衝出來。「姊，妳終於回來了，妳再不回來，我就要拉著爹去尋妳了，這麼晚還不回來，我都擔心妳被拍花子抓走了！」

「在聿懷樓裡多耽誤了一會兒，但好像我在你這個弟弟心裡，看起來很不靠譜的樣子。」何葉無奈。

何田瞄見她用手帕包著的手，哭天搶地地喊著。「姊，妳手怎麼了？」

「切菜的時候，不小心切到的，沒大礙，別大驚小怪的。」

「姊，妳還說自己靠譜，明明一點也不靠譜。妳說妳，切菜天天切，這都切了多久了，手上還能切出口子來。」何田毫不留情地吐槽。

何葉聽著何田像個小老頭似的嘮叨她，就想著趕緊將何田趕回房間去，她好耳根清淨一點。「是，我不靠譜，我弟弟超級無敵霹靂靠譜，那你要回房間去溫書了嗎？」

何田一臉欣喜地看著何葉。「姊，這個超級無敵什麼的詞聽起來好厲害，妳以後多拿這個詞誇誇我，說不定我就能讀好書了。」

何葉無奈地看著何田。「好。」

還站在門外未曾離開的江出雲聽著院子裡傳來的對話聲，也露出了一個笑容，這姊弟兩個人的插科打諢，可比茶樓裡說書先生說的故事還熱鬧。

何葉正打算推著何田回房間，何田突然轉過身來對她說：「姊，我忘了和妳說正經事，過兩天科舉就要放榜了，要一起去看嗎？」

何葉算了算日子，發現時間過得好快，明明送考到貢院那天的事還歷歷在目，現在就已經到了放榜的時間。

見何葉發呆，何田在她面前擺了擺手，示意她回神。「姊，妳究竟去不去？」

「有時間就去，看到時候聿懷樓沒什麼事就一起去。」

「姊，別說不準了，到時候肯定可熱鬧了。」何田想著到時候能湊熱鬧，就無比興奮。

「嗯，當天應該人很多吧。」

何葉想著，今天來找她的江出雲一開始看著興致並不高，莫不是提前知道了名次，是考得不好還是落榜了？她光顧著回憶她的現代生活，卻忽略了要探究江出雲今天之所以出現在聿懷樓的原因。

不過兩天後就要放榜，她就能知道江出雲的成績，她希望到時候她能對他說一聲「恭喜」。

洗漱完畢，躺在床上的何葉對今天能夠向其他人訴說那些埋藏在心裡的過去，而感到心情愉悅。她也沒想到江出雲不計較她思路跳躍，甚至能耐心聽她敘述對他而言千奇百怪、不著邊際的事情。

只是當她想到放榜意味著御宴也舉辦在即，現在食單也還沒有完全定下來，喜悅的心情頓時蕩然無存。

回到寬陽侯府的江出雲，又從牆邊直接翻回了他的院子裡。

青浪從樹上拿著劍，朝翻牆而進的黑影衝了過去，招式還未使出，看清對方的身影，立刻收了劍，對江出雲說：「屬下得罪了。」

「不礙事，可是有事要稟報？」江出雲問道。他想著自己此番得了探花之名，二房應該也不會善罷甘休，多少會在背地裡使點小動作。

「那邊沒有動靜，若有動作，屬下必定及時制止。」青浪抱拳，一臉真摯的說道。

江出雲走進書房，點燃書桌上的油燈，對著青浪說道：「你相信還存在另外一個地方，跟我們截然不同嗎？」

「屬下不知公子何出此言，公子若是相信便存在，不信便不存在。」青浪回答道。

江出雲聽著青浪的回答，想著這個答案倒是圓滿。

青浪見江出雲沒有再進一步的吩咐，便無聲告退。

江出雲在書桌上鋪上了一張宣紙，提筆寫下手機、照相機、電影幾個詞，細細琢磨著。

從第一次見到何葉，他似乎就一直在發現驚喜，更沒想到何葉的腦子裡，裝的都是這些千奇百怪的東西。

放榜當日，離著知巷最近的那塊告示牌附近已經站了不少人。

何葉和何田也身處其中，不遠處宋懷誠正在和其他學子交談著。

身穿紅色官服的衙役，胳膊下夾著捲起來的放榜名單，從遠處一路小跑過來，眾人一見，竊竊私語的聲音瞬間都小了許多。

衙役手裡拎著漿糊桶，用刷子沾了些漿糊，將告示牌四個角刷上了，再將榜單展開貼上，眾人的雙眼都直勾勾的盯著榜單上的名字，似乎能將看板戳穿。

榜單貼好後，衙役又要趕往下一個地點，周圍的人見衙役離開，立刻一擁而上。

「宋大哥，宋大哥！」何田也擠在人群中，唸唸有詞的尋找著宋懷誠的名字。「找到了！姊，太厲害了，宋大哥是榜眼！」

何葉的目光卻定格在探花的位置上，江出雲的名字赫然在列。何葉目光繼續往下掃，在二甲的名次中看到了顧中凱的名字，這人看著挺不靠譜，倒也成功考上。

何田拉著何葉，逆著人流擠回到稍微開闊一點的地方。「姊，我等宋大哥出來一起回知巷，如果聿懷樓忙，妳就先過去吧。」

何葉也正在猶豫著，是不是應該和宋懷誠說一聲恭喜，但想著父親還不知道這個消息，應該將這個消息及時告知給他，便先回了聿懷樓。

等到周圍的學子恭喜完宋懷誠，何田才眼巴巴跑過去。「宋大哥，恭喜你，你太厲害了！」

宋懷誠看了看何田問道：「何姑娘呢？」

「我姊先去聿懷樓了，我爹還不知道宋大哥的名次，我姊先去通知他。」

宋懷誠臉上劃過一抹失落的表情，隨即摸了摸何田的頭。「走吧，那我們回去吧。」

何田一路上還在嘰嘰喳喳的誇獎著宋懷誠，幻想著之後宋懷誠的官職，不知他能不能住進高門大戶。

何田見宋懷誠沒有應答，發現對方心不在焉。「宋大哥，你可是有心事？得了榜眼不開心嗎？」

「無事，只是心中一塊石頭突然落地了，有點空落落的。」宋懷誠朝著何田扯出一個勉強的笑容。

等宋懷誠回到家的時候，門口已經等了不少前來祝賀的街坊鄰居，付嫣嫣自然也在其中。

宋懷誠開門將他們一一迎進了屋，眾人七嘴八舌的說著各種吉利話，最多的無非是讓宋懷誠以後富貴了，不要忘了他們這些人。

還有的大爺說話耿直，對宋懷誠說，從知巷出去的人各個正直，就算闖不出一番天地，也不能像那些貪官，做出魚肉百姓、草菅人命的破事。

宋懷誠笑著應下，大爺依舊不依不饒，說如果宋懷誠有一天忘了他今天的回答，他必然會上門和宋懷誠理論。

聽著這番話的何田在一旁撇了撇嘴，想著這大爺平時就愛和其他人聚在一起議論時事，這次知巷出了個榜眼，也不知道要怎麼吹噓了。

一旁的付嫣嫣站在角落裡插不上話，只能百無聊賴的玩著手帕。

眾人你一言我一語的說著，付嫣嫣終於找了個合適的時機說上了話。「宋大哥，你今日考取了功名，不妨知巷各家出一道菜，在你家為你慶祝一下，你意下如何？」

大家一聽有聚在一起的機會，自然是應聲附和，都嚷嚷著說既然要做就做好的，頗有點過年的架勢。

「小何，你記得回去通知姜大哥和你爹，一起參加，我們這些人也好久沒聚在一起了。」

何田表面上應下了，卻在背地裡暗暗翻了個白眼，想著這付嫣嫣還真是為了接近宋大哥，任何法子都要用上。

等到晚上何間回家，何田將事情告訴何間，何間二話不說就答應了下來，只是表示聿懷樓越來越忙，他燒個菜讓何田帶去，但他人不一定能去。

何葉覺得她爹說得十分有道理，榜單一出，聿懷樓謝師宴的預訂急遽增加，錢掌櫃本想著因著御宴的原因推掉幾桌，但發現來預訂的均是常客，礙著情面只能接下來。

錢掌櫃跑來和何間商量，何間也是一籌莫展，何葉提出不妨做成套餐的形式，不再為每桌特別訂製菜式，而是將謝師宴的食單全部統一，除非客人有絕對不能吃的食材，才對食單進行微調。

這樣，謝師宴也不需要完全由何間掌勺，酒樓裡的其他師傅也可以烹製。

何間想著還未向宋懷誠道喜，就藉著這個時間點上門，順便左鄰右舍打聽一圈，都準備做些什麼菜，才不至於和其他鄰居重複。
何葉原本不想去見宋懷誠，但何間硬是說自己記性不好，要是鄰居報的菜名轉眼他就忘了，到時候和人撞了就尷尬了。
何葉也聽出父親無非是找個藉口，何間其他事情都有可能忘記，但是絕對不會在菜餚上有半點糊塗的地方，但也只能無奈的跟著何間挨家挨戶的走著。
每到一家，何間就要被說既然是大酒樓的廚師，就一定要拿出點不一樣的東西來，鄰居們有真誠的，也難免有一、兩個陰陽怪氣的。
也有幾個鄰居拉著何間說長道短，何葉總有一種對方要找她爹秉燭夜談的錯覺，但好在最後都放何間去了下一家。
「爹，您一圈問下來，想好做什麼了嗎？」何葉踢著地上的小石子問。
「妳呢？妳有什麼想法？」何間反問何葉。「妳未來也是要能掌勺的人，這點想法總該有的。」
「爹，要不蒸個甲魚，清蒸甲魚，也算一種補品。」何葉想著說道。
何間也不反駁。「妳想想他們的菜都是什麼，妳覺得缺了什麼？」
「紅燒肉、煎帶魚、叫花雞……這地上跑的、海裡游的、天上飛的都有了，聽著也不缺什麼了。」

何葉想著，這些鄰居沒想到在料理上也都是深藏不露。「莫不是缺點主食還是蔬菜之類的？」

「我打算做山海羹。」何間也不再賣關子

山海羹的名字聽著就是大氣磅礡，何葉也產生了好奇。「這山海羹裡都放點什麼？」

「本來應該用春季的野菜，但現在入秋了，就用時蔬也行，用水燙熟，再將切小塊的魚蝦用熱水蒸熟，加入各種調料，再用粉皮覆蓋在上面，最後再蒸過一遍。」

何葉聽著何間的講述，依舊是一頭霧水，只聽明白叫山海羹是因為食材來自山和海，雖然不知道實際到底怎麼調味，但想必這道湯羹的味道必定極其鮮美。

二人來到宋懷誠家門口，何間敲門進去。「小宋啊，我今天忙了一天了，來跟你道喜。」

「何叔，你怎麼還特地來了？有什麼事情也該我去您家找您，讓何田來說一聲就行了。」宋懷誠趕緊出門迎接二人。

何葉還站在門框邊上磨蹭著不願進門，直到何間催她。「站門口幹麼呢，還不快進來？」

何葉一想，確實今日看放榜的時候走得匆忙。「宋大哥，恭喜你，高中金榜。」

「謝謝。」宋懷誠回應著。

「那聽說這之後是不是還要面見聖上，這都是什麼時候的事情？」何間關心地問道。

「這要等榜單發到各個府縣，再等府縣統一通知考生進務城安排職務。」宋懷誠給何葉和何間倒了兩杯清水。

「那是不是算算就要八月底左右？」何間問道。「這御宴看來也快了。」

「何叔這也是辛苦了。」宋懷誠客套的說道。

氣氛一時間安靜下來，何間也就推託著說要告辭。

「那何叔，鄰居說要祝賀我的那天，您也一起來嗎？」

「那天啊，可能不到，但是菜肯定給你送到。」何間拍了拍宋懷誠的肩膀說道。

氣氛又陷入了僵硬的狀態，何間想著也找不到話題，便要和何葉開口告辭，但轉念一想，打發了何葉先回去，說自己有話要和小宋說。

何葉多少也知道她爹要找宋懷誠說什麼，便默不作聲的走了。

「小宋啊，你看這放榜名單也出來了是吧……」何間猶豫著說道：「但我家這孩子跟你也是沒緣分。」

「何叔……可是問過何姑娘的心意了？」宋懷誠問道。

「小宋，你看你現在也考上了，日後日子也會好的，就不要糾結我們家姑娘了。」何間沈聲說道。

「何叔，我知道了。」

宋懷誠低著頭，何間也看不清他的臉色，只能藉口時間晚了推說告辭。

宋懷誠想要留何間再坐著聊一會兒的話徘徊在嘴邊，怎麼也說不出來，只能看著家裡的門打開又被無情的闔上，一室寂靜，就和他的心一樣。

——未完，待續，請看文創風913《廚娘的美味人生》下

2020年12月出版

# 傳家寶妻

文創風 909~911

那年茶樓下，他的一笑值千金，
笑得她從此心海生波，再難相忘……

## 一笑傾心　弄巧成福／秋水痕

一次戀愛都沒談過就穿到古代當閨秀，小粉領楊寶娘無言極了，
雖然如今有個女兒控的太傅親爹，位高權大銀兩多，可以讓她在京城橫著走，
但高門水深，自家父親的後院不寧，她身為嫡女也別想耳根清靜，簡直心累，
幸好庶妹們與她和睦相處，一同上學玩樂，算是宅門日子裡的小確幸！
原以為千金生活不過如此，沒想到，竟有飛來豔福的一天——
一場偶遇，晉國公之子趙傳煒對她傾心一笑，從此和她結下……不解之緣 ?!
應酬赴宴能遇到，逛街買糖葫蘆也能遇到，去莊子玩才發現，兩家居然是鄰居，
這且不算，連她出門遇險亦是趙傳煒解的圍，要說他對她無意，鬼都不信！
她的心即將失守了，上輩子來不及綻放的桃花，這輩子該不會要花開燦爛啦～～
可兩家之間有些算不清的陳年老帳該如何是好，她和他，真有可能牽上紅線嗎？

# 為流浪貓狗加油 和貓寶貝 狗寶貝

## 廝守終生(一定要終生喔！)的幸福機會

對人來說，貓寶貝狗寶貝只是生活的一部分，但妳（你）對牠們來說，卻是生活的全部，領養前請一定要考慮清楚——

### ▲ 愛呼嚕的小寶貝 雖雖和牛牛

性　　別：雖雖（男）和牛牛（女）
品　　種：米克斯
年　　紀：約4個月（6月中出生）
個　　性：活潑愛黏人
健康狀況：已完成預防針第二劑，貓愛滋、白血檢測皆陰性
目前住所：新北市三峽區（中途家中）

本期資料來源：陳品品小姐

## 『雖雖和牛牛』的故事：

與其說是遇見這兩隻小傢伙，倒不如說是遇見牠們一大家子。當時是我的朋友在苗栗路邊發現一隻成年母貓意外被車撞死了，留下六隻小貓在馬路上徘徊亂竄，情況非常危險，令人捏一把冷汗。所以朋友詢問了附近的民眾有關這群小貓的來歷後，決定將喪母又無自主生存能力的牠們帶回照顧，便利用美味的貓罐頭將聞香而來覓食的六隻小貓誘進貓籠內帶回，不然真不敢想像牠們是否能順利長大。

目前這群兄弟姊妹已經有四隻成功送養了，剩下雖雖和牛牛正在找新家。兩隻都很親人，特別喜歡在中途的乾媽身上呼嚕睡覺，那模樣可愛到讓人想撫摸關愛卻又怕打斷牠們的美夢，超級為難的啊！

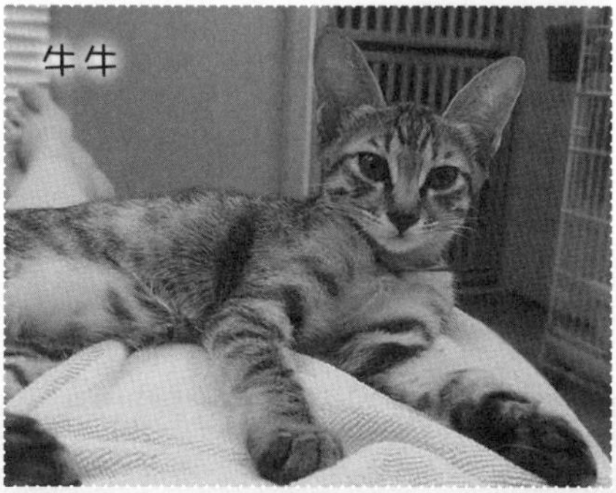


只要領養人能接受雖雖和牛牛的活潑頑皮，並有愛貓如家人般對待的心，就算是新手也絕對沒問題。若有意願請FB私訊陳小姐或寄信至她的信箱u7311457@tknet.tku.edu.tw，讓雖雖和牛牛療癒你的生活。

**認養資格：**

1.認養人須年滿28歲（如不滿須與家人同住）。
2.認養前須家訪並配合環境安全防護，同意簽認養協議書，並接受日後追蹤。
3.不可關籠、不可放養、不綁繩養貓、不接受遛貓。
4.每日須至少一餐濕食（主食罐、鮮食、副食罐）。
5.無須同時認養雖雖和牛牛，可若能一起認養更好，但成長後兩隻都一定要結紮。
6.家貓的平均壽命為十多年，請仔細考量是否能不離不棄一輩子。

**來信請說明：**

a. 個人基本資料：姓名、性別、年齡、家庭狀況、職業與經濟來源等。
b. 想認養雖雖和牛牛的理由。
c. 過去養寵物的經驗，及簡介一下您的飼養環境。
d. 若未來有結婚、懷孕、出國或搬家等計劃，將如何安置雖雖和牛牛？

912

# 廚娘的美味人生 上

國家圖書館出版品預行編目資料

廚娘的美味人生 / 梅南衫著. --
初版. -- 臺北市 : 狗屋出版社有限公司, 2020.12
冊 ; 公分. --(文創風)
ISBN 978-986-509-169-9(上冊:平裝). --

857.7　　109017281

| | |
|---|---|
| 著作者 | 梅南衫 |
| 編輯 | 黃暄尹 |
| 校對 | 黃亭蓁 |
| 發行所 | 狗屋出版社有限公司 |
| 地址 | 台北市104中山區龍江路71巷15號1樓 |
| 電話 | 02-2776-5889～0 |
| 發行字號 | 局版台業字845號 |
| 法律顧問 | 蕭雄淋律師 |
| 總經銷 | 知遠文化事業有限公司 |
| 電話 | 02-2664-8800 |
| 初版 | 2020年12月 |
| 國際書碼 | ISBN-13　978-986-509-169-9 |

本著作物由北京晉江原創網絡科技有限公司授權出版

定價260元

狗屋劃撥帳號：19001626

網址：love.doghouse.com.tw　E-mail：love@doghouse.com.tw